La Isla del Silencio

Pablo Poveda

ISBN:978-1532787881
ISBN-13:153278788X

"Para el corazón, la vida es simple: late tanto como puede. Después, se detiene."

Karl Ove Knausgård"

1

Ser periodista se resume a una sola cosa: eres una mentira. Jamás me lo contaron en la facultad. Recuerdo que lo pregunté en varias ocasiones. Pero quién me iba a decir tal cosa, arruinaría mi carrera y posiblemente me hubiese convertido en médico o abogado. En mi caso, no había mucha opción, y además, siempre había sido un imbécil. Por eso me convertí al oficio, siendo el mejor de todos mis compañeros. Siendo el mejor que existió en aquel maldito periódico.

No obstante, mi carrera terminó pronto. Internet terminó con lo poco que quedaba del papel y todo el mundo se volvió loco, como en la crisis del 29 pero esta vez, en lugar de tirarse por una ventana contra el asfalto, se lanzaba contra otra ventana. La crisis económica, España y el mundial de fútbol y una generación de jóvenes echando las tardes en la Puerta del Sol. Era julio, la policía repartía mamporros y nosotros lo veíamos en televisión, sentados en un sofá de estudiantes, con una Mahou en la mano. Alicante era un San Francisco español con sus palmeras, prostitutas a escondidas, turismo de sandalias y calcetines altos. Tuve más suerte que otros compañeros de facultad, que entonces trabajaban poniendo perritos calientes o disfrazándose de Harry Potter para ganarse la vida. Yo podía poner el culo por escribir y aunque fuese poco, me pagaban por ello. Un poco de morro y unas prácticas no remuneradas y poco a poco me hicieron hueco en un escritorio. Un montón de folios reciclados y un ordenador prehistórico para redactar noticias en Las Provincias, el segundo diario por la cola que cubría el Levante español. Aquel verano fue un infierno, y no sólo por el estupor de la calle, que convertía las avenidas en un horno crematorio. No, no sólo por eso. También por la gente. La gente que me rodeaba. Había llegado a mis límites, o yo a los suyos. A principios de verano tomé la determinación de quedarme en el diario y así sentenciar mi muerte profesional con la sección de sucesos. Por muy mal pagado que estuviera, me daban lo suficiente para mantenerme, pagar las facturas del piso en el que vivía y los vicios del fin de semana.

Escuchábamos la Cadena Ser porque la línea del diario era contraria y eso les hacía sentir mejor a mis jefes, cincuentones revolucionarios buscando la verdad debajo de sus mesas. A mí me importaba más bien poco, por no decir una mierda, pero estaba harto de escuchar a Gabilondo porque además de ser un coñazo, pertenecía a otra época. Ortiz era un viejo calvo y larguirucho que siempre vestía camisas de cuadros y tenía el bigote amarillento de fumar Ducados. Ortiz era el director entonces y un pobre impresentable con una vida feliz. Todos los que estábamos allí lo éramos, impresentables, únicos. Pero la profesión se trataba de eso, si no, perdía todo su encanto. Siempre que cogía el teléfono, me topaba con algún listo al otro lado que me hablaba a gritos o con voz soporífera. El complejo de querer ser culto y no poder. Ninguno lo éramos, porque si hubiese habido alguien con un poco de brillo, se habría dado cuenta de que aquella redacción era una puerta al averno.

Y entonces yo, que si era tan listo, qué hacía allí, ¿verdad?, o eso me decían mis padres cuando hablaba con ellos una vez al mes. No estaban muy orgullosos, aunque sí bastante cansados de que viviera en el apartamento que se había quedado mi padre tras la muerte de su tía. Era un cuchitril abandonado y con olor a vieja y posguerra, pero bien situado junto a la Plaza de Toros. Querían venderlo y deshacerse tanto de él como de mí, pero no era tan fácil. Mi madre aún tenía misericordia y no sabía cómo decírmelo abiertamente. Mientras, yo alimentaba la excusa diciéndole que estaba buscando piso con Margarita, una chica con la que sólo me acostaba, pero esa era otra historia.

Sudando la maldita gota gorda y con el aire acondicionado estropeado, allí estábamos a medio día viendo como las chicas lucían pantalones por los que se les salía media nalga, con sus sandalias de dos euros, las gafas compradas al inmigrante sin visado y las toallas al hombro, mostrando un estilo único y desapercibido.

Estaba a punto de plantarme y tirarlo todo por el suelo, encenderme un cigarro en la cara del viejo de Ortiz y decir que abdicaba cuando el teléfono de la centralita sonó una vez más aquella mañana de verano.

—¿Sí? —dije.

—Quiero hablar con el señor Gabriel Caballero —dijo una voz.

Parecía asustada.

—¿Quién llama? —dije.

—¿Es usted el señor Caballero? —preguntó la voz.

—Llámeme Gabriel —dije —. No me llaman así desde la escuela.

—Necesito citarme con usted —dijo el hombre —. Hoy.

—Mire, si no me dice quien es —contesté —, no podré ayudarle.

—Es urgente —repitió.

—Escuche, tengo mucho trabajo —dije. No era cierto, pero aceleraría las cosas —. Dígame quién es. No tengo todo el día.

—No puedo por aquí —dijo —. No es seguro.

3

Ortiz salió de su cuarto. Llevaba demasiado al teléfono y eso llamó su atención.

—¿Quién llama? —dijo Ortiz —. Pásamelo.

—No es importante —dije tapando el micrófono —. Son del crematorio.

Ortiz se metió en su cuarto y cerró. No quería saber nada de la gente del crematorio —: Oiga, no tengo todo el maldito día. Dígame que quiere.

—Hidalgo me ha dicho que eres de fiar —dijo —. ¿Es cierto?

Sus palabras me hicieron dudar. Hidalgo era el rector de la Universidad de Alicante. Había sido mi profesor de facultad y nuestra amistad iba un poco más allá de la normal entre un estudiante y un alumno. Sin embargo, no sabía nada de él desde que había sido nombrado rector. Por algún extraño asunto, quiso olvidarse de nuestra relación.

—Sí.

—Entonces, veámonos en persona —dijo y me entregó la dirección de un lugar que desconocía. Dio varias indicaciones y colgó.

Cogí un bolígrafo y un cuaderno y salí de la oficina sin decir adiós a nadie.

El sol picaba directo a mi espinazo, calentándome la coronilla. Caminé bordeando el puerto marítimo hasta que llegué a mi coche, un Seat Ibiza GTI rojo, una máquina de correr y un lugar incómodo en el que esconderse para meterse mano.

Arranqué el coche y automáticamente sonó la cinta que había dentro. Led Zeppelin cantaba I`m gonna leave you, y lo primero que vino a mi mente fue Patricia y su novio, besándose días atrás en un bar de moda. Patricia era mi ex novia, otra escama en la ristra de puntos suspensivos de mi vida.

Cogí la cinta y la tiré por la ventanilla.

—¡Que te jodan, furcia! —dije y me reí mientras una mujer que caminaba con sus hijos me llamó grosero.

Así era la vida, así era yo.

Puse la llave de contacto y saqué unas gafas de sol negras.

Rock and roll y hacer lo que la vida me dejara.

2

Seguí las indicaciones y salí de la ciudad por donde me había dicho, dejándome llevar por la carretera secundaria que iba en dirección al sur. Un contraste de tonalidades, tórridas pero suavizadas por el oasis mediterráneo que proporcionaba la costa alicantina. Coltrane sonaba en Radio 3, mi emisora favorita. La radio era lo que aún nos quedaba a los pocos que vivíamos con la justa tecnología. El mundo se había convertido en un lugar deleznable lleno de gente hipócrita y absorbida por los anglicismos, la conexión 3G y los megapixeles. Un mundo en el que ya no se iba al cine porque era mejor verlo gratis en casa. Y razón no faltaba. La gran pantalla había dejado de ser algo interesante después de los noventa. Yo sólo iba al cine cuando era gratis o me invitaba alguna chica. No podía permitirme tales tipos de consumo, generalmente, porque era pobre y mi filosofía de vida prefería una botella de ginebra antes que una película con Brad Pitt y Edward Norton. Leía a los viejos que eran los únicos que podía sacar de la Biblioteca Municipal y me encerraba en mi cuarto entre latas verdes de Mahou y libros con el sello azul. Con esto, uno no necesita dar muchas explicaciones de por qué las mujeres preferían a veces irse con otros, cuando el término otros, significaba todo aquel que no fuera yo. No las juzgaba, de hecho, amaba a las mujeres, a todas. Patricia se portó muy mal conmigo y eso es algo que nunca perdonaré porque dudo que quiera hacerlo. Al resto, siempre las tuve en consideración y si preferían a otros lo respetaba, yo también había hecho lo mismo en otras ocasiones y es que en esta vida, a veces se gana, otras también pero muchas veces se pierde, y yo había perdido tantas veces que en mi corazón se había formado un callo a prueba de balas.

Coltrane a todo trapo trompeteando como sólo él sabía, y yo disfrutándolo con la ventanilla bajada mientras perdía de vista a un lado la playa de Urbanova. El negro me hacía sentir bien y yo siempre lo había admirado, por muy de moda que se estuviera poniendo de nuevo Miles Davis y el jazz volviese a ser algo más que una música para follar o emborracharse en un bar. A mí no me importaba, incluso me gustaba que volviera a ser popular porque así podía escucharlo más a menudo. El jazz estaba en todas partes pero a ninguno nos interesaba. No tenía apenas discos y tampoco pensaba en comprarlos. Con una radio en casa y otra en el coche, mientras no estuviera en ninguno de los dos lugares, me dedicaba a tararear como un viejo loco en el autobús.

Pasaron varios minutos cuando supe que estaba perdido. No me sonaba nada de lo que tenía a mi alrededor. Mirara a donde mirara, sólo veía desierto. El viejo móvil comenzó a sonar. Vi que era Ortiz, mi jefe. Lo apagué lanzándolo a la parte trasera del coche. Una carretera secundaria perdida, un camino asfaltado lejos de la autovía. La carretera se perdía hasta una subida que hacía de horizonte. A lo lejos, un edificio de dos plantas y un pequeño aparcamiento. El ventilador chirriaba, yo sudaba como un puerco.

—Debe de ser ahí —dije en voz alta, hablando para mí, porque a veces, escuchar mi voz era lo único que me mantenía cuerdo. Conduje hasta el final. Conforme me acercaba a aquel edificio, la silueta de un hombre se hacía más y más grande. Era un hombre gordo y calvo, sudado como una pelota de plástico bajo el sol, casi derretida por el calor. Se limpiaba la frente y la papada con un pañuelo de tela y llevaba una americana y una camisa blanca que le cubría la tripa.

Aparqué a un lado, dejado atrás una polvorienta nube de tierra. El paisaje desolador, me recordaba al final de una película en el desierto americano.

Me acerqué a él, parecía inquieto.

—¿Gabriel Caballero? —dijo.

—Ya le he dicho que no me llame así —dije estrechándole la mano, sudada como un pescado muerto —. Mejor nos tuteamos.

—Como quiera —dijo el gordo.

—¿Qué es lo que quiere? —pregunté. El calor era más intenso —: Me estoy jugando el trabajo.

—Mejor dentro —dijo —. Nos vamos a cocer aquí.

Miré hacia arriba y vi un pequeño cartel. Al entrar, mis elucubraciones se confirmaron. Nos encontrábamos en una vieja fábrica de embutidos, con su característico olor a carne muerta, rancia y desinfectada. Un hedor fuerte nos azotó las narices. Sentí un latigazo en el estómago, después en la cabeza. No podía ver sangre, ni siquiera pensar en ella. Era mi punto más débil. Todos teníamos uno y aquel era el mío. Mi abuela siempre quiso que fuera médico. En el lecho de muerte, postrada en la cama, cabizbaja, me preguntó por última vez si algún día trabajaría como doctor. Fallé a mi abuela, y a todos los demás. No era una cuestión estética, pues la sangre, a través de la pantalla, no me producía ningún tipo de náusea. Era su hedor, el sabor metálico, el ambiente de los hospitales, verla esparcida en el suelo, en el cuerpo de otros. Era la presencia de la muerte, porque aunque la sangre era vida, para mí, sólo significaba eso, óbito. La tufarada animal impregnó mis pulmones. Sentí un hormigueo en la vista. Respiré hondo, no quería marearme delante de aquel tipo, así que aguanté la respiración y continué caminando.

—Esto es un infierno —dije.

—Al final, uno se acostumbra —dijo el tipo riéndose —. El olor forma parte de ti. Es como absorber el alma de cada animal muerto.

—Repugnante —dije. Me imaginé a una bandada de fantasmas sobrevolando nuestras cabezas allí dentro —. ¿Puedo fumar?

—¿Bromea? —dijo el hombre ofendido.

—No, no sé —dije —. Es el olor... ¿Puedo o no?

—Claro que no —contestó —. No puede. Nadie puede saber que hemos estado aquí.

Miré a las esquinas y vi varias cámaras de seguridad apuntándonos a nosotros.

—Claro —dije.

—Sígame a la oficina —dijo el hombre interrumpiéndome. Caminó por unas escaleras de hierro que llevaban a una primera planta. Desde lo alto, vi una panorámica de la fábrica. Impresionante. A mis pies y desde lo alto, contemplé un embudo de aluminio del tamaño de una piscina. Ocupaba parte de la fábrica. En el interior, dos aspas metálicas y un rodillo.

—¿Qué es? —dije.

—La mejor del mercado —dijo el hombre orgulloso —. Podría convertir a un toro en carne picada en cuestión de segundos.

Imaginé al pobre animal cayendo al vacío, despedazado por la trituradora.

—¿Qué es lo que quiere? —pregunté.

—Pase, por favor —dijo y entramos en su oficina.

Un cuartucho con una ventana, decorado con un banderín de España y un calendario de tractores —: Gracias por venir.

—No me dé las gracias aún.

—Quiero confesar un crimen —dijo el hombre —. He matado a la persona equivocada.

Por un momento pensé que me tomaba el pelo.

—¿De qué habla? —pregunté.

—Ellos me obligaron —dijo —. Hidalgo me dijo que se lo contara.

—¿A mí? —pregunté —. ¿Por qué? ¿De qué conoce a Hidalgo?

—Trabaja en un periódico, ¿no?

—Escuche, si es verdad lo que dice, debería hablar con la policía —dije —. Mire… Yo tengo bastante con lo mío…

—Ellos quisieron, joder… —dijo —. Tiene que ayudarme.

—No sé si puedo hacerlo.

—Hidalgo me dijo que lo haría.

—Hidalgo, Hidalgo… —dije. Me estaba cabreando —: ¿Qué cojones le contó?

—Él es un buen amigo, un buen hombre —dijo el tipo, quisquilloso en sus palabras —. Por eso no puedo meterlo en más problemas… Por eso usted tiene que ayudarme. También es su amigo, ¿verdad, señor Caballero?

—¿Quiénes son ellos? —pregunté. El hombre se repetía. Si quería saber algo, tenía que insistir —: ¿De qué va todo esto?

—Nos están escuchando —dijo y apuntó al techo. Miré pero no vi nada. Aquel hombre me estaba poniendo de los nervios y yo me iba a largar de allí cuando abrió un cajón de su mesa y sacó un sobre amarillo —: Tome, cójalo. Ayúdeme. Aquí tiene lo que necesita.

Me entregó el sobre y lo cogí.

—¿Qué es esto? —dije.

—Todo lo que necesita.

Miré en el interior. Sólo había billetes de euro.

—¿Me está comprando? —pregunté —. Creo que se equivoca de persona.

—¡Cógelo, joder!

Tomé su palabra, doblé el sobre y lo guardé en mi bolsillo trasero del pantalón.

El hombre comenzó a reír y se limpió el sudor de la frente una vez más.

—¿De qué se ríe ahora? —pregunté.

—Hidalgo tenía razón —dijo —. Es usted un idiota, un auténtico idiota.

—Estoy empezando a cabrearme —dije —. Vamos a tener jaleo.

Haciendo caso omiso, el hombre salió de la oficina y pulsó un botón rojo que había en un panel junto al pilar de hormigón.

Las hélices de la trituradora comenzaron a girar más y más rápido. El motor se puso en marcha. Un ruido infernal atravesó mis tímpanos.

El hombre, a pesar de su sobrepeso, subió con agilidad la barandilla metálica y mantuvo el equilibrio moviendo los brazos.

—Que tenga suerte… —dijo mirándome a los ojos —. Y recuerde, yo no quería matar a esa chica.

Tras sus palabras, saltó al vacío, vestido, como una longaniza humana, zapatos puestos y la camisa sudada. Salí tras él, pero tarde. Su imagen grabada en mi retina, el gordo cayendo como un saco de harina, despedazado como un pollo y blando como la manteca.

Primero, un ligero graznido, y después, como un aspersor, una ráfaga líquida de sangre salpicó las paredes de rojo intenso. Vomité, lo tiré todo allí, el café y la tostada, hecha migajas. Vomité varias veces, nauseabundo y angustiado, pulsé el botón, la máquina paró y bajé las escaleras, dejando lo que quedaba del hombre grueso atascado en la máquina.

Salí a la soledad del desierto sin mirar atrás, en aquella fábrica maldita y caí de rodillas contra el suelo.

3

Lo que pasó después, no lo recuerdo muy bien. Me sentí ahogado y con la imagen de aquel hombre grabada a fuego en mi sien. Decidí pasar el resto de la tarde en un bar, emborrachándome en soledad hasta que lograra olvidar algo. No era fácil y tampoco sabía a quién llamar. Simplemente, no podía. No podía permitirme meter en tal situación a mi familia o a cualquiera de los pocos amigos que me quedaban. Había sido un idiota, un completo imbécil cogiendo aquel sobre cuando me había dado cuenta de la presencia de la cámara. El alcohol me ayudó a encontrar una solución rápida e irracional. Debía regresar y destruir cualquier tipo de prueba antes de que la policía llegara. Aunque fuese un lugar apartado de la ciudad y en medio de la nada, aunque ya nadie trabajara allí, bastaría con que deseara olvidar algo para que un espontáneo se acercase a curiosear donde no le llamaban. La situación me sobrepasaba, aunque algo me decía en mi más profundo interior, que todo saldría bien, o eso quería yo creer.

Encendí el teléfono mientras pedía la segunda cerveza y un pincho de tortilla en la barra de un bar de barrio tan típico y estereotipado como las cafeterías del cine. Tenía llamadas de Ortiz y un mensaje de Manuela preguntándome cómo me iba.

Me encantaba Manuela. Era una chica por la que habría deshecho mi vida varias veces. Una muchacha hecha y simpática aunque con las cosas no muy claras. Vida en Madrid y trabajo en una editorial pequeña. Manuela había sido mi gasolina en los tiempos de facultad. Pechos protuberantes, un rostro dulce y suave y largas piernas por las que uno se podía perder divagando sobre cómo acariciarlas. Sin embargo, no sabría nada de ella hasta que un día me escribiera borracha, sin previo aviso, declarando sus intenciones. A nosotros nos unía poco, pues ella estaba interesada en los hombres adultos y con un porvenir. Yo no entraba en esa categoría y puede que aquello fuera la vía de escape para los dos. Salimos varias noches juntos hasta que nos acostamos borrachos en una pensión cercana a la playa. Nos abrazamos, follamos hasta el amanecer y después conduje hasta su casa. La segunda vez fue mejor, más intensa, más dura. A Manuela le gustaba follar conmigo y a mí con ella. Nos divertíamos. Era la puerta a todo eso a lo que yo no tenía acceso, ni siquiera interés, aunque de cuando en cuando, no me hiciera daño. Las editoriales, el mundillo de los escritores en Madrid, Barcelona y el Poble Nou. Los editores. Los niños pijos modernos de Malasaña. Las drogas. Los gin-tonics con pepino y los libros de Foucault, las películas de Fellini y la guapura de Jean-Pierre Léaud.

Alardeaba de leer el periódico cuando yo ni siquiera lo hacía pese a escribir en uno de ellos. Yo era periodista de profesión, me pagaban por ello, aunque no significaba que me gustara lo que hacía. Los tópicos me habían agotado intrínsecamente en la facultad, mucho antes, entre las páginas de Kapuściński, Tom Wolfe y Pedro J. Ramírez.

La aparente idea de no ser un entendido de su mundo, era lo que le gustaba de mí, además de cuando la empotraba contra el cabezal de la cama y la hacía gemir como a una hiena. Pero Manuela no era sólo sexo, sino también dulzura. Los dos sabíamos que nunca estaríamos juntos, que seríamos una parte del engranaje de la vida pero no una pieza clave del otro. Algo temporal y reemplazable como un producto de segunda mano.

Tiempo después, supe que tenía novio. Me habían contado que entonces se veía con un viejo asturiano de gafas de pasta y pelo canoso. Que los dos vivían en Madrid y subían fotos de terrazas y copas de vino.

Me alegré por ella y le escribí de vuelta. Con suerte, se encontraría sola por Alicante y con algo más en el cuerpo que unas cervezas, me haría compañía.

Manuela apareció una hora después por el bar en el que me encontraba. Le di dos besos sin levantarme del taburete, pues hice maniobras para mantener el equilibrio.

—Ay, Manuela... —dije mientras hablábamos de la vida y el jefe nos ponía una ración de croquetas —. Tú y yo habríamos sido imparables.

Ella se rió y se metió una croqueta de jamón en la boca.

—C'est la vie, Gabriel —dijo ella con un acento forzado. Sonó tan mal y tan pobre, que hice una excepción por aquel escote veraniego que regalaba a mis ojos —: La gente cambia.

—Yo no —dije borrachín, con un ojo entrecerrado —. Yo envejezco, pero no cambio.

—Ojalá todos pudiésemos decir lo mismo —dijo ella.

La agarré de la cintura y fui directo a sus labios. Manuela giró el rostro y mi beso se estrelló en su mejilla.

—Gabriel —dijo ella sonriente —. No seas así.

—Jaque Mate —dije echándome hacia atrás y sujetándome el corazón con media carcajada —. Supongo que esto es el fin, ¿verdad?

—No te pongas melodramático —dijo ella sonrojada —. Somos amigos.

—Eso siempre —contesté dando un trago a mi cerveza —. Lo pasamos bien, tú y yo.

—Demasiado —dijo ella —. Tengo que irme, Gabriel, ¿te llevo a algún lado?

Mi teléfono volvió a sonar.

Era Ortiz. No podía hablar, la lengua se me trababa, pero aún así lo cogí.

—¿Qué pasa? —dije mientras le indicaba a Manuela con la mano que no me esperara. Ella se despidió con otro beso en mi mejilla y me dijo al oído que me cuidara y que un día me llamaría. Por el otro tímpano, Ortiz gritaba y la cabeza me daba vueltas.

—¿Dónde cojones has estado? —preguntó —. Espero que tengas una excusa.

—No puedo hablar ahora, jefe —dije —. Contigo no valen las excusas.

—Haz lo que te dé la gana —contestó. Parecía preocupado por algo —: Pásate mañana por mi oficina, temprano. Han venido preguntando por ti.

—¿Quién?

—No quiero quitarte el sueño. Adiós —dijo y colgó.

Pagué y caminé arrastrándome hasta mi apartamento, mirando a la calle, que daba vueltas como un carrusel. Los jóvenes preparados para salir de fiesta, el olor a perfume barato de las chicas y el pescado podrido del Mercado Central que salía de las cajas de corcho blanco. Orines en las esquinas, el humo de la marihuana por los balcones, alguna que otra prostituta en la puerta de los hostales y un grupo de cabezas rapadas en la puerta de un local, con sus botas militares y los polos Fred Perry abotonados hasta la nuez. Las cafeterías 24 horas, abiertas con la persiana bajada y las conversaciones de los drogadictos ya colocados, pidiendo para un sándwich y un pico de heroína; los negros vendiendo cerveza ilegalmente en una hamburguesería que despedía un fuerte olor a aceite frito. Una mezcolanza cultural de inmigrantes, locales y turistas, todos juntos en la misma calle que me conducía lentamente hasta la Plaza de Toros, invisible para ellos o simplemente uno más. El olor rancio de la noche de verano, asfixiante y húmedo.

Cuando llegué a mi calle, vi el resplandor de las televisiones en las ventanas de los vecinos. La película de las diez, a todo volumen, resonando en los patios interiores.

Pensé en hacerme unos huevos fritos al llegar a casa, pero recordé que me los había comido todos.

*

El teléfono sonó de nuevo y abrí los ojos con esfuerzo. Al girar la cabeza, sentí un martillazo. Estaba deshidratado.

Tomé una ducha rápida y salí disparado hacia la redacción con el estómago vacío.

Náuseas, náuseas. Malabarismos mentales por no encenderme el primer cigarro de la mañana.

Náuseas, náuseas. Malditos conductores de autobús, perfumes de señoras, fuentes de agua que lo hacían a uno sentir peor.

—Vaya careto llevas —dijo Ramiro, uno de los redactores —. El jefe te espera.

Caminé hasta la oficina de Ortiz, con el detalle de llevar aún las gafas de sol puestas.

Toqué dos veces con los nudillos y entré.

Ortiz parecía preocupado.

Aquel día lo vi más calvo de lo normal, como si la noche anterior, en mi ausencia, sentado junto a la mesilla de noche, hubiera perdido capas y capas de pelo. Estaba flipando.

—Menuda cara tienes —dijo —. No puedes venir aquí así.

—Así, ¿cómo? —pregunté vacilón —. Ni que hubiese un cartel ahí fuera.

No le hizo ninguna gracia.

—Siéntate y no me pongas de mala hostia —dijo y obedecí —. La policía llamó preguntando por ti.

Joder.

Lo había olvidado por completo.

Un policía imaginario dándome una patada en el estómago, reduciéndome hasta caer al suelo. Así me sentí, así lo sentí.

Mi intención de emborracharme hasta perder el control, había surtido efecto. Comencé a sudar, por los nervios y la falta de agua. El calor era insoportable y sentí náuseas que subían y bajaban por mi garganta.

—¿Qué querían? —dije cogiendo la botella que Ortiz tenía sobre su mesa.

—Hablar contigo… —dijo mirándome con mala cara—. Por Dios, Gabriel, ¿qué coño has hecho esta vez?

—Le juro que nada —dije—. No sé qué está pasando.

—Veamos… —dijo. Estaba enfadado—: Me lo cuentas a mí, o se lo cuentas a ellos. Tú sabrás. Sólo quiero ayudarte.

—Estoy en un lío, ¿verdad? —pregunté.

—Así es.

—¡Joder! —dije echándome las manos a la cabeza.

El teléfono móvil privado de Ortiz vibró.

Miró la pantalla y leyó un mensaje.

Después sacó una botella de coñac del escritorio y echó un chorro en el café de máquina. Dio un trago largo y se limpió el bigote.

—Ve y diles la verdad —dijo sereno, cambiando repentinamente de actitud—. Si no has hecho nada, eres inocente. Ve y diles lo que sabes. No te pueden culpar.

—Así, sin más, corre, ve y diles —contesté.

—Sí —contestó.

—¿Me va a despedir? —pregunté. La conversación parecía haber terminado.

—No —contestó—. Yo no te puedo despedir. Sólo soy tu jefe de redacción… Pero yo que tú empezaría…

—Hasta luego —dije interrumpiéndolo, me levanté y salí de allí.

*

La tormenta de napalm emocional que flotaba sobre mi cabeza era suficiente para exterminar a una nación. El arma de destrucción masiva de una manifestación. Consecuente con las palabras de Ortiz, preferí aprovechar el sol de la mañana de julio y tomarme un ligero descanso. Lo necesitaba. Así que acudí a una de mis cafeterías favoritas de la explanada y con el sol de cara, me senté en una mesa metálica y pedí una cerveza y un bocadillo de jamón con tomate rallado. Estaba hambriento y aquello me daría fuerza y optimismo para combatir un rato más el pesimismo.

De pronto, ante toda esa gente y un puesto de helados que había frente a mí, sentí una sombra amplia y fuerte que me privó de la luz.

Abrí los ojos. Un tipo fuerte con camiseta y tejanos, corpulento y con gafas de aviador se plantó allí, frente a mí. Tenía los brazos en jarras y una sonrisa poco amigable.

—¿Se puede saber qué hace? —le dije con un ojo entreabierto.

—Señor Gabriel Caballero —dijo. Su voz parecía de ultratumba —: ¿Me equivoco?

—No —dije —. No se equivoca. ¿Quién es?

—Soy el inspector Rojo —dijo y sacó una placa de identificación —, de la Brigada de Homicidios de la policía.

—¿Cómo sabía que estaba aquí?

—Su jefe.

—Hijo de perra.

—Me gustaría que me acompañara y hablar con usted —dijo el hombre.

—Ahora mismo no puedo —dije —. Estoy ocupado, oficial.

—Ya veo… —dijo el policía —. Entonces hágalo cuando

termine.

—¿De qué se trata? —pregunté con voz ingenua.

—Disfrute del desayuno y no se atragante —dijo y se largó. El policía entró en un coche patrulla en el que otro agente lo esperaba. Salió disparado en dirección San Juan, haciéndose más y más diminuto en la lejanía.

Se me quitaron las ganas de comer.

4

Aunque la vida no me respondía como yo quería, mi indiferencia ante los problemas lo hacía todo más sencillo a corto plazo. Siempre fue importante vivir en el presente. Algunos lo llevaron demasiado lejos. Era cuestión de encontrar un balance, como el funambulista que realiza su número cada noche en la cuerda. Un poco de práctica, una puesta en escena, pero el resto del día con los pies sobre la tierra, pisando la mierda, mordiendo el polvo. Así lo había visto toda mi vida, así me iban las cosas como me iban.

Aparecí por la puerta de la comisaría de policía, no muy lejos del bar donde había tomado el último desayuno. No era la primera vez que me encontraba en una, aunque sí la primera que iba a enfrentarme con asuntos serios. Pregunté a un funcionario. No hizo falta esperar mucho para ver al forzudo del oficial Rojo asomando la cabeza por el pasillo. Levantó un brazo, dio un grito y me invitó hostilmente a que caminara hasta su despacho. Crucé un pasillo y giré a la derecha. El panorama no era nuevo: familias gitanas, blancos, cabezas rapadas, jóvenes borrachos con la cabeza partida, rateros y niños rumanos correteando por allí. Un hombre declarando el robo de su teléfono, otro de haberle cortado el cuello a su compañero de trabajo, y una cola de gente que iba a reclamar lo que era suyo. Continué hacia dentro, escuchando los golpes que salían por las rejas de las puertas. Golpes de puños sobre la mesa, de cajones metálicos y declaraciones forzadas. Golpes de insatisfacción. Olía a humedad, sudor y cigarrillos mezclados con el café químico de la máquina. La comisaría era una perrera humana.

Entré en una oficina amplia de escritorios y ordenadores con pantalla plana. Mucho más limpia y preparada que la que teníamos el diario. Olía a sudor, tapicerías nuevas, material informático y productos de limpieza. El oficial indicó que me sentara y yo miré a la foto del Rey enmarcada, apoyada en el alféizar de la ventana junto a la bandera española. Rojo era un desordenado, o eso me dio a entender.

Sobre la mesa había una foto con un portarretratos en la que una mujer rubia con el pelo rizado abrazaba a un niño. Él no aparecía en ella, así que deduje que sería su mujer, su hermana o alguien importante en su vida.

Primero comprobó mis datos y me leyó la cartilla. Estaba limpio. Nunca me había metido en líos, exceptuando aquella deuda en uno de los viejos BlockBuster.

—Iré directo al grano —dijo —. ¿De qué conocía al señor Rocamora?

—No lo conocía —dije —. De nada, de verdad. ¿Para qué me han llamado? ¿Para perder el tiempo?

Tomó algunas notas. Conocía aquello. Simular que escribes después de que la otra persona diga algo para generar más inseguridad, un segundo juicio. Conmigo no funcionaría.

—Rocamora ha sido encontrado… —dijo y me mostró unas fotos de los restos del gordo —. Usted es la relación directa.

—Yo no tengo nada que ver con esto —dije —. Él me llamó.

—¿Y qué quería?

—No sé —dije —. Era la primera vez que veía a ese hombre.

—¿Qué le contó?

—Nada.

—Algo le contaría —dijo el policía—. ¿Qué había en el sobre?

—¿Qué sobre? —dije ingenuamente.

—El sobre amarillo que le dio —dijo.

—No sé de qué habla, agente.

Rojo buscó algo en la pantalla de su ordenador y reprodujo una película digital. Primero aparecía mi imagen, yo, mirando a la cámara. Después en la oficina del gordo, cogiendo el sobre, metiéndomelo en el bolsillo.

Detuvo el vídeo.

—No me tome por idiota, ¿quiere? —dijo. Parecía molesto por haberle mentido.

—Me dio un sobre con dinero —confesé—. Me dijo que tenía que escribir un artículo. Pensé que las fotos estarían en el sobre pero…

—¿Artículo?

—Soy periodista —dije—. ¿No lo sabe?

—No te pases de listo —dijo tuteándome.

—Quería confesar un crimen —continué—. Le dije que fuera a la policía, pero no me hizo caso.

—¿Qué pasó después?

—Ya lo sabe.

—No entiendo.

—Saltó al vacío, por las escaleras, como un pez —expliqué—. Lo que más me sorprendió fue su rostro. No parecía arrepentido, ni siquiera tenía miedo. El resto es… papilla.

—Suficiente —dijo. Con los nervios a flor de piel, era incapaz de contener todos los chistes idiotas que pasaban por mi mente para cubrir mis inseguridades —: ¿Por qué lo llamó a usted?

—Eso no lo sé —dije, mintiéndole de nuevo. Volvió a escribir en su cuaderno —: Le estoy diciendo la verdad. Tiene que creerme, agente.

—Haré lo que considere —dijo el oficial Rojo—. Es sospechoso principal de su asesinato. Dudamos que sea un suicidio.

—¿Por qué iba a matarlo? —pregunté ofendido.

—Dígamelo usted.

—Se equivoca de persona —dije —. A mí no me van estos rollos. Yo escribo para contar la verdad, no para divertirme con las desgracias de otros.

—Usted escribe sobre gente muerta —dijo.

—Pero no genero las noticias —contesté.

—¿Fue por dinero?

—¿Está de coña? —dije —. El dinero, se lo puede quedar si quiere. Fue su voluntad. Se equivoca conmigo, agente.

—Ya —dijo sereno. Al muy cabrón, parecía divertirle aquello.

—No soy su hombre —contesté —. La policía comete un error inculpándome.

—Relájese, señor Caballero —contestó moviendo las manos —. No se le ha acusado de nada. Si es inocente, lo dejaremos tranquilo. Si descubrimos que fue el autor de su muerte, me encargaré personalmente de su caso.

—¡Debería tener un abogado! —dije —. ¿Dónde está el protocolo?

—Ponga en orden su vida —dijo el policía —. Esto es serio, no una novela barata.

—¿Puedo irme?

—Sí, hemos terminado —dijo —. Ya conoce la salida.

—Muy amable —contesté levantando el culo de la silla, aparentemente ofendido aunque aterrado. El policía hablaba en serio y yo ya me imaginé a mí mismo con las piernas entre barrotes, compartiendo celda con un ogro tatuado y siendo sodomizado en los descansos. Era un periodista, me iban a abrir en canal. No estaba preparado para ir a prisión.

—¡No cometa ninguna idiotez! —gritó desde su oficina —. ¡Lo estaré vigilando!

Continué por el pasillo sin apartarle la vista. Cuando volví a mirar al frente, un hombre canoso y bien vestido, se cruzó en mi camino acompañado de otro oficial. Tropecé con él y sentí un ligero pinchazo en el brazo.

—¡Joder! —gemí.

—Lo siento —dijo el hombre —. No lo había visto.

—¿Qué ha sido eso? —dije.

—El reloj, tengo que arreglarlo —contestó —. Discúlpeme…

El hombre siguió caminando hacia el final del pasillo pidiendo perdón.

Salí de allí y metí la mano en el bolsillo trasero. Toqué el sobre amarillo. Se me había olvidado dejarlo en casa. Después volví a mi brazo y comprobé que la yema de mi dedo índice estaba enrojecida.

Saqué las gafas de sol, me encendí un Fortuna en la puerta de la comisaría y salí de allí antes de que el oficial se arrepintiera.

Aún quedaba tarde y mucho por hacer. La rabia me inundaba por dentro. No quería visitar la redacción porque, entonces, volvería a la comisaría en un coche patrulla. Guardaba tal impotencia sobre mis poros que era capaz de aterrizar allí, dar una patada en la puerta, agarrar la calva de Ortiz y estamparla contra su escritorio hasta dejarla hecha un mosaico.

Algún día lo haría.

Tic-tac, Ortiz. Sus horas estaban contadas.

Caminé hasta un bar cercano, me senté en la barra y pedí un whisky con Coca-Cola, el más barato que tenían. Victoria, estaba a salvo de nuevo. El camarero me miró con desdén, como si fuera un alcohólico, y yo, pasando de todo, tan sólo me fijé en el Cristo de madera que colgaba sobre su pecho escuálido y huesudo. Pagué tres euros y me bebí el vaso de tubo antes de que terminara el telediario. Pedí el segundo y ya estaba más relajado. El sol caía, la gente salía de sus trabajos y las chicas volvían de la playa con los sostenes apretados.

Entre trago y trago me pregunté varias veces por qué había ocultado a Hidalgo, el rector de la Universidad de Alicante. Éramos amigos, habíamos compartido muchas noches, pero hacía años que no sabíamos nada el uno del otro. Casualmente, desde que se había convertido en alguien y yo no.

Saqué el teléfono y marqué su número.

Esperé un poco.

—¿Sí? —dijo. Era él, reconocí su voz.

—¿Antonio? —pregunté.

—Sí, soy yo —dijo —. ¿Quién es?

—Soy Gabriel —contesté —. El escritor, tu amigo invisible.

—Vaya, Gabriel, cuánto tiempo… —dijo. No pareció ilusionarle mi llamada —. Me coges en mal momento, pero te llamo otro día, ¿vale?

—Tenemos que vernos, Antonio —dije —. Hoy.

—De verdad, que no puedo —dijo —. ¿De qué se trata?

—Si no fuera importante, no te llamaría —dije —. Después de todo…

—Tengo mucho trabajo —dijo —. Siento no haberte llamado.

—Déjate de historias —interrumpí —. Nos vemos en El Barrio, donde siempre, en una hora.

—¿En una hora? —dijo —. No sé si podré, Gabriel… No es buen momento.

—Te espero allí —dije —. No me falles.

Colgué, terminé el trago y pagué otros tres euros. Borracho y directo.

Hidalgo ocultaba algo. Lo había citado en el mismo bar de siempre, el mismo en el que nos habíamos perdido tantas noches.

Pronto sabría de qué iba todo aquello.

5

La bella Alicante se convertía en un ciempiés mecánico de coches y motocicletas que subían por la Gran Vía llenándola de humo, acelerados, cansados, con ganas de romper algo. Extranjeros haciendo cola la puerta del Mulligan´s, un pub de dos plantas en el que uno se emborrachaba y con suerte, acompañado.

Me metí de lleno en El Barrio, que para entonces ya hervía con su gente en las terrazas, los contemporáneos Tony Manero del momento, que habían cambiado las cadenas doradas de la comunión por cuerpos de gimnasio, corte de pelo militar, tatuajes tribales y camisas entalladas. El Barrio era una zona transgresora si la comparaba con otras áreas de la ciudad. Todos tenían cabida allí, o casi todos, porque al final de la noche más de uno terminaba entre botellazos sin haberlo pedido. Escurriéndome por las callejuelas, el olor a pizza y aceite frito, llegué al Desdén, el bar de mi infancia madura, el lugar en el que había pasado tantas noches emborrachándome en la barra como un loco maldito. Allí conocí a los míos, a Coltrane y a Baker. Allí me enamoré por segunda, tercera y cuarta vez. Allí me rompieron el corazón y la mandíbula también. Hidalgo me había llevado aquel sitio. Aún lo recordaba.

Nuestra amistad fue de lo más caótica. No era muy común que los profesores tuvieran afinidad con sus estudiantes, pero Hidalgo siempre había sido diferente. La mayoría se dedicaba a dar la clase, calentar la silla en el horario de tutorías y cobrar a fin de mes. Me apunté a uno de sus cursos de escritura creativa y periodística. Era verano y el curso se puso cuesta arriba. Sin embargo, él fue la primera persona que apostó por mí cuando estaba al borde de tirar la toalla. Primero llegaron los cafés antes de las clases en la cafetería de la facultad. Hablábamos de libros, de autores, de lo poco que me gustaba Bukowski y de las nuevas estudiantes que llegaban a las aulas. La facultad de Periodismo era una isla de sirenas, todas hermosas y bellas con muchos cantos y pocas palabras. Poco después supe que Hidalgo estaba divorciado a pesar de tener la misma edad que Jesucristo.

—Decisiones a destiempo, hacer lo que se supone que es lo correcto —me dijo.

Hidalgo era un buen periodista. Era el único reportero en aquel apestoso edificio que había trabajado anteriormente en El País, El Mundo y Televisión Española. Conocía a los grandes aunque hablaba poco de ellos y cuando lo hacía, le sobraba humildad.

Insistió en que escribiera una novela, quizá para animarme o para que lo dejara tranquilo un tiempo. Él había publicado varias, aunque lo hacía más como terapia que como otra cosa. Su fortuito divorcio le dio para una trilogía que alcanzó las listas de ventas en sus primeros meses. Una trilogía llamada Pausa en la que el profesor ponía a caldo a su mujer a través de fantasmas del pasado. La leí y me gustó, aunque nunca le dije que la había llevado demasiado al terreno personal. Yo hacía lo mismo con cada fracción de mi vida.

Tras los cafés, pasaron los meses y me licencié. Poco después, comencé a trabajar en el periódico. Hidalgo me llamó un día para dar una charla motivadora a sus alumnos de primer curso. Accedí. No sé si fue lo más oportuno. Me planté allí, delante de cien jóvenes con un futuro poco alentador por delante. Ellos querían escuchar una historia que yo no estaba dispuesto a contar. Ellos querían oír un discurso que los condujera cinco años a la deriva para después echarme la culpa cuando se dieran de bruces contra la realidad. Recuerdo haber visto a Luther King y Steve Jobs en internet y tomar algunas notas. Y así hice. Entre Panteras Negras y dispositivos de la manzana, salté al vacío con un discurso pobre y poco preparado que terminó con un aplauso forzado por el docente.

Hidalgo se rió de mí mientras yo me limpiaba las gafas abochornado. Lo hacía cuando estaba nervioso y no sabía dónde meterme.

Nuestra amistad sobrepasó los límites de la propia docencia. Dos amigos que se encontraban de tú a tú, sin darse consejos mutuos, sin lecciones de por medio. Él podía hablar desde la experiencia y yo desde la trinchera. No existe peor guerra psicológica que la de enfrentarse a la redacción de un periódico cada mañana. No existe peor tortura que la de escuchar a un jefe, sin importar lo que tenga que decir.

Él era Robert Redford en esa maldita película sobre Nixon, quizás por su cabello rubio y la voz de la experiencia, y yo un Dustin Hoffman rebelde con monturas de pasta. Destrozamos la noche, causamos rotos en corazones ajenos y terminamos acariciando los amaneceres apestando a ternura y soledad. Una espiral de vicio insana en la que nadie más participaba.

Estábamos a punto de perder nuestros oficios cuando un día desapareció de mi vida.

Creo que hizo lo correcto.

En aquel momento no lo entendí bien.

Estábamos en la cresta de la ola. Yo sabía que algún día íbamos a perder el equilibrio y rompernos el cascarón contra el suelo.

Dejé mis vicios en los meses que siguieron. Sin él, lo demás carecía de sentido. Era un Robin sin Batman, confuso y anclado en un mundo al que no pertenecía. No supe de él nunca más, ni siquiera una llamada. No contestó a los correos electrónicos ni a los mensajes de texto.

Me sentí mal, quizá por haber hecho algo de lo que no era consciente. Las cosas no me iban demasiado bien, cobraba poco y Patricia me era infiel con un cretino. Se lo conté, sabiendo que lo leería, que la lástima lo desgarraría de aquello que lo separaba de mí, pero no me contestó. Así que entendí que nuestra amistad se había acabado. Así era el juego, me dije. La vida era así y la amistad algo efímero que no duraba más de cien años. Uno no podía esperar nada más. No le guardé rencor por lo que hizo.

Seis meses después recibí un correo electrónico de la facultad. Era él. Me dijo que lo iban a nombrar rector. Le di la enhorabuena, aunque fue todo muy precipitado y frío. Le propuse celebrarlo pero dijo que no era el momento oportuno para hacerlo. Habían pasado más de seis jodidos meses y sólo se le ocurría hablar de inconvenientes.

Cuando todo ese asunto olía a problemas innecesarios, allí estaba yo, en la puerta del Desdén, escuchando a Los Planetas de fondo, buscando a mi compañero de fatigas en la sala. Miré el reloj. Había llegado demasiado pronto, así que decidí esperar con una cerveza en la mano.

—¿Tienes Coltrane? —pregunté a un camarero con barba que había junto al ordenador.

—¿Qué? —dijo.

—Col-tra-ne.

—No.

—¿Puedes poner algo de jazz? —dije —. Esto me produce dolor de cabeza.

—No —insistió.

—Ahí dice jazz —dije señalando al cartel —. ¿Qué ha pasado en este bar?

El tipo puso las manos sobre la barra. No parecía dispuesto a cambiar la música.

—Mira tío —dijo serio —, esto es lo que hay. Si no te gusta la música, puedes marcharte.

—Si no fueras un niñato —dije —, te partiría los dientes.

—¿Me estás amenazando? —dijo. El asunto se puso serio. Sentí la adrenalina del peligro, el miedo humano a la extinción —: Será mejor que te largues.

—¡Anda y que os den! —dije, cogí el botellín y lo tiré contra el suelo.

Hice una escena, rompí cristales y derramé la cerveza por el suelo.

Milagrosamente, no me partieron la mandíbula en dos mil pequeños trozos. A mis 27, aún no había aprendido a cerrar la boca.

Seguía siendo un idiota. Siempre lo fui y siempre lo sería. Un bocazas, un maldito inoportuno de sangre tibia y morro encharcado.

Salí de allí bajo la mirada de los que estaban tomando tranquilamente algo y caminé como un llanero solitario por Labradores hasta la Concatedral.

—¿A dónde voy ahora? —me pregunté. En plena calle, vi las botellas de los estantes de un Kebab Bar y entré. Pedí un whisky con Coca-Cola y pagué tres euros. A mi alrededor había jóvenes y borrachos. Anoté el nombre del bar y le envié un mensaje a Hidalgo.

Minutos más tarde apareció por allí.

—Perdón, llego tarde —dijo. Me giré. Estaba borracho. Lo miré a los ojos, no lo reconocí. Parecía otra persona. Se había hecho algo en el pelo, algo estúpido y horrendo. No sabría muy bien definir el qué. Hidalgo era el rector de la universidad y el mismo joven divorciado que había conocido. A diferencia de mí, parecía haber tomado las riendas de su vida. Se había convertido en un ser tórrido y aburrido, en estado de coma social.

—Un abrazo, ¿no? —dije.

—¿Has bebido? —preguntó.

—He tenido un mal día —dije. Le hizo gracia. Él era el único que me reía las gracias —: Vamos a un sitio más acogedor, anda.

Pagué y salimos de allí.

*

Caminamos silenciosamente hasta una pizzería, pedimos dos cervezas y una pizza Margarita y nos sentamos entre mesitas de enamorados que se comían a besos o aún se estaban conociendo.

—¿Cómo estás? —preguntó.

—¿Cómo estoy? —dije —. Ha pasado más de un año.

Hidalgo se echó la mano a la frente. Se sentía culpable.

—Las cosas han cambiado, Gabriel —dijo —. Ya sabes, proyectos nuevos, desintoxicación, empezar de nuevo… Íbamos en dirección al caos.

—Éramos el caos —dije —. Pero no es excusa para borrarme de tu vida, cabrón.

—Lo siento.

—No —dije —. No lo dices en serio. Bueno, qué más da. Tienes buen aspecto y es lo que importa, ¿no?

—Gracias —dijo.

—Hay alguna mujer, ¿verdad?

—Más o menos… —contestó sonriente.

—¿La conozco?

—No, no creo… —dijo y cambió de tema. Pareció incomodarle la pregunta —: ¿Qué era eso tan urgente?

—Tengo un problema —dije —. Mejor dicho, soy un problema.

—¿De qué se trata? —preguntó —. ¿Dinero? No pienses que soy rico.

—¿Por quién me tomas? —dije.

—Perdona —dijo —. La gente piensa que por ser quien soy…

—Ahórratelo —dije —. No me interesa tu bolsillo.

—Entiendo —dijo Hidalgo —. Entonces, ¿qué es?

—Rocamora —dije —. ¿Te suena de algo?

—No —dijo en un tono neutro. Ni se inmutó. Yo estaba borracho pero aún sereno para ver su reacción. No sería fácil sacárselo.

—No te suena Rocamora.

—Ya te he dicho que no sé de quién hablas.

Di un golpe en la mesa con el puño. La gente nos miró.

—No me jodas, Antonio —dije tensando el cuello —. Tú le hablaste de mí. Él me lo dijo.

Hidalgo comenzó a sudar, de repente, sin razón. El cuello de la camisa le apretaba. La camarera nos trajo dos cervezas y yo di un largo trago. Hacía calor tanto fuera como en el interior del pequeño restaurante. Sonaba ópera de fondo, no sabría decir qué era, pues mi ignorancia era abismal.

—¿Qué te dijo? —preguntó —. Maldita sea, necesito saber que te dijo.

—Me dijo que eres un gran hijo de perra.

—¿Eso te dijo? —preguntó sorprendido.

—No —contesté —. Eso lo digo yo.

—Joder, Gabriel —insistió —. Seamos serios.

—Bebe un poco —ordené —. Te vas a deshidratar.

—Rocamora era un cretino —explicó —, pero estaba metido en algo serio. No sabía el qué.

—Hablas como si estuviera muerto —dije.

—¿No ves las noticias? —dijo desquiciado.

—Mira, no sé de qué conocías a ese hombre —dije —. Pero la policía sospecha de mí. Piensa que yo lo maté.

—¿Tú? —preguntó y se echó a reír, forzado. Hidalgo iba a romperse en pedazos —: ¿Por qué?

—El tipo se lanzó a una trituradora industrial desde lo alto —dije —. ¿De qué va todo esto?

—Vaya… —dijo él. Parecía que mis últimas palabras lo habían relajado —. ¿Qué más te dijo?

—No me dijo nada… —contesté —. Me dio un sobre con dinero. Me llamó idiota, dijo que tú le advertiste de que yo era un idiota. Después se tiró. Todo está grabado. ¿Qué voy a hacer, Antonio?

Su teléfono vibró. Miró al mantel de tela blanco y la camarera nos trajo la comida. Sopesó varios minutos y nació de él un tono protector, propio de un abogado más que de un amigo.

—No tienes por qué preocuparte —explicó Hidalgo —. Estaba metido en problemas serios, problemas económicos. Se le fue la cabeza. Debía dinero a otra gente y quería limpiarse las manos contándolo a la prensa. Si iba a caer, con él, caerían los demás. En un principio, me llamó pidiendo ayuda… Le dije que tú podrías escucharle, pero jamás pensé que terminaría así… De verdad, créeme, era un pobre infeliz.

Mentía. Lo supe desde que nos habíamos sentado.

—Eso no es todo —añadí —. Hay algo más.

—Olvídalo —dijo cortando la pizza con el cuchillo —. Posiblemente, más ruido.

—¿Quién era la chica? —pregunté. El trozo que se había metido en la boca se atascó en su garganta. Le costaba bajar. Emitió un gemido, agarró el vaso de cerveza y dio un largo trago.

—¿De quién me hablas ahora? —dijo aliviado.

—Rocamora no me llamó para hablar de dinero —dije —. Quería confesar un crimen.

—Dios mío.

—Sí —contesté —. Hay una chica. Me dijo algo de una chica. También comentó que no quería meterte en problemas, que erais amigos. Dijo algo sobre un grupo de personas, no quiso explicarme quiénes, pero lo hizo… ¿De qué va todo esto, Antonio?

Sacó un billete de cincuenta y lo dejó en la mesa.

—Lo siento, no puedo hablar aquí —dijo apresurado —. Tengo que irme, me esperan.

—¿Bromeas? —dije enfadado —. No puedes irte, tienes que decirme qué está pasando.

—Cóbrate, disfruta la comida —dijo levantándose —. Hazme un favor, no hables con nadie, no les digas que me conoces… Explícale a la policía que quería sobornarte. No encontrarán nada, confía en mí y estarás a salvo.

—¡Antonio! —dije, pero él salió a paso ligero del

restaurante.

Todo el mundo me miró.

Una escena.

Salió por la puerta, acelerado. Corrí tras él. La comida había amortiguado el alcohol y volvía a recuperar el equilibrio. La Calle Mayor atiborrada de gente con ganas de diversión. El aire consumido, asfixiante, se mezclaba con mi estómago pesado y adormecido. El tránsito era denso y me costaba correr entre las personas. Reconocí su corte de pelo entre las palmeras y lo seguí desde atrás.

Llegamos hasta el Paseo de la Explanada y se subió en un taxi. Me monté en otro y le pedí que lo siguiera.

—¿Es usted policía? —dijo el taxista, un hombre flaco con bigote, guayabera de flores y un paquete de filtros en el bolsillo de la camisa.

—No —contesté —. Pero es el que se está tirando a mi esposa.

Fue lo primero que se me ocurrió.

—No tiene que explicar más. He visto de todo… —dijo el conductor y aceleró el Ford Mondeo blanco manteniendo la distancia del otro taxi —: No son mis asuntos, pero no irá a cometer ninguna locura, ¿verdad?

—No, tranquilo —dije —. Simplemente, quiero darle un susto. Saber donde vive, ya sabe.

—Comprendo… —dijo más relajado—. Pero no se olvide de su esposa, ella también forma parte de esto.

—Nos vamos a divorciar —expliqué siguiendo el hilo, me divertía —. Simplemente quiero saber dónde vive. No está bien ir por ahí rompiendo familias, ¿sabe?

—Le entiendo perfectamente —dijo el hombre —. Parece un buen hombre. Yo le cortaría la lengua a ese cretino.

Seguimos hasta la vieja estación de ferrocarril que había a la entrada de la ciudad, subimos hacia arriba y giró a la derecha. Vimos los estudios de televisión de Canal 9 y el taxi de Hidalgo aminoró la velocidad.

—Debe ser por aquí —dije —. Que no le vea.

Hidalgo bajó del coche, pagó y se metió en un portal. No

era su vivienda. Él vivía en otra parte de la ciudad.

—Que tenga suerte —dijo el hombre.

Pagué al taxista y bajé. Saqué un cigarrillo arrugado y lo encendí apoyado en un coche, bajo la luz amarilla de las farolas junto a una avenida desierta. Sólo se escuchaba el ruido de la calle, en la lejanía, y la persiana metálica de algún bar que cerraba.

Antonio, en qué juego te has metido, me dije y me fumé el cigarrillo frente a aquel bloque de ladrillo rojo.

6

Cuando abrí los ojos, tuve la sensación de haber sacado el cráneo del interior de un microondas. Era medio día, el sol golpeaba la puerta y parte de mi brazo. El calor quemaba mi piel, que lucía enrojecida. Tenía una resaca aplastante, aunque los síntomas eran otros. Había dormido más de la cuenta. Hacía tiempo que los dolores de cabeza eran cosa del pasado. Por el contrario, aquel día salté de la cama hasta la taza para vomitar todo lo que había ingerido la noche anterior. No fue hasta que regresé a mi cuarto cuando me di cuenta de que no había llegado sólo. O puede que sí lo hiciera. Simplemente, no recordaba nada tras el último cigarrillo.

Regresé al cuarto de baño, un baño antiguo y usado, de azulejos amarillos y bañera alargada, vieja, con una cortina blanca de plástico. El espejo sobre el lavabo del mismo color que la bañera y los pies en una alfombra violeta de pelo sintético. Me miré a los ojos. Estaban rojos, deshidratados.

Sentí la necesidad de respirar más hondo, allí dentro, todo parecía que iba a acabar. Así que abrí las ventanas de todas las habitaciones, invitando al ruido y a la contaminación.

Las piernas me temblaban como dos muslos de pollo. Me

senté en la taza y salió un apestoso mojón de mi ano.

Di un vistazo a la casa, particularmente a mi cuarto. El apartamento era una vieja vivienda de ochenta metros cuadrados. Mi habitación era parte del apartamento. También había un salita, un salón más grande de invitados, con una vieja vitrina llena de polvo y botellas de cerveza, fotos de familia, una televisión Sanyo de tubo y un incómodo aunque práctico sofá. Desde que comencé a trabajar, tomé la salita como despacho y sustituí la mesa camilla con mantel de ganchillo de la difunta tía por un tablero alargado que había montado yo mismo. Aquel lugar se convirtió en mi oficina, el lugar en el que comencé a dar rienda suelta a mi literatura, forzado por los consejos de Hidalgo y la necesidad de dejar el alcohol durante un tiempo. El brebaje se había convertido en mi compañero desde que él desapareció de mi vida. Siempre estuvo ahí, pero cuando Hidalgo, Patricia y todos los demás me abandonaron, sólo me quedó él y Coltrane. El negro nunca fallaba. Me llevó tiempo darme cuenta de que fumar y beber no era un contacto con la musa sino una adicción. Iba a cumplir 26 años, tenía un trabajo como periodista en un diario provincial y era alcohólico. Cuando recibí la noticia que el diario iba a fusionarse con otra edición del mismo grupo (eso conllevaría una reducción de personal y por tanto, despidos), me aferré más al licor de la inspiración. Primero fueron unas cervezas para evitar el bloqueo, después pasó a algo diario. Y con mi problema, creció la barriga, mi barriga. Lo noté, tanto en la piel como en el rostro. La literatura salvó mi vida por un tiempo. Después cambié de aires, me junté con otra gente, conocí el soul, el modernismo y comencé a consumir otras cosas, a dormirme en los portales y dejar crecer el vello facial de mi rostro. Me di cuenta que el problema no era la bebida sino yo mismo, las ganas de perderme, desinhibirme, romper con todo y buscar culpables. Afortunadamente todo pasó en un período muy breve en el que tuve que afrontar una ruptura con el mundo al que pertenecía.

Cuando cumplí los 27, había terminado con todo menos con la cerveza.

De aquella época me quedaban pocos recuerdos y una edición muy vieja en CD del Blue Train de Coltrane. Con su caja, usada, dañada como si alguien la hubiera usado para meterse cien rayas. Patricia lo compró para mí, y fue el único recuerdo que guardaba de ella. Nunca le gustó el jazz. Fue un regalo de cumpleaños. Sé que era de segunda mano, pues lo confesó en una carta de despecho. Recordar eso me hacía odiarla más. A pesar de todo, incluso por accidente, había sido el mejor regalo de la historia.

Aquella mañana, el disco de Coltrane no estaba donde tenía que estar, que no era otro lugar que en la estantería de mi habitación. Aquel detalle hizo estallar mi cabeza, dándome cuenta de que había tenido visita mientras dormía. Quise pensar que había sido yo, que por cualquier razón lo había movido. Quise mentirme a mí mismo, pero no dio resultado. La idea de que alguien caminara junto a mí mientras dormitaba, me erizaba el vello de los brazos.

Salí al portal y encontré el disco en el suelo, sobre las escaleras. Regresé al apartamento y di un vistazo en el armario. Habían removido mi ropa interior. Todo estaba arrugado, desordenado a voluntad. Mi agudeza periodística me dijo que habían sido varios los que allí pasaron. Quizá un hombre y una mujer. No lo supe bien. No tenía sentido que fuera la misma persona. En el baño, era diferente, un caos ordenado. Quien fuera que lo hizo, tuvo la decencia de cambiarlo todo de lugar sin romper nada. Quise interpretarlo como un mensaje codificado, una nota anónima, un pequeño escarmiento. El resto del piso era más de lo mismo. Hubo una fiesta en el salón y me la perdí. Una pelota de impotencia se hacía cada vez más grande en mi tráquea. No podía respirar. No sentía el aire. No quería tirar la toalla pero estaba desesperado.

Me senté sobre el sofá incómodo, rajado con un cuchillo. Me eché las manos a la cabeza y comencé a llorar. Lo hice porque nadie podía verme, pero el lamento fue breve.

Hacerlo en soledad, carecía más aún de dignidad. Gimotear siempre me había parecido un gesto descolorido, infame y lastimoso, producto de la insuficiencia y la desesperación. La fuerza en última instancia para pedir algo a la vida cuando las cosas no suceden como uno desea.

Lamentarse por lo ocurrido, una pérdida de tiempo.

La policía en mis talones, otra pérdida, sin duda.

Sequé mis lágrimas con la mano y salí de nuevo a comprobar si había cámaras en mi habitación. Comprobé las esquinas, los rincones más sucios que no estaba dispuesto a limpiar y encontré una pequeña cámara de plástico. Una videocámara digital. Carecía de ningún tipo de conexión. ¿La habrían olvidado?

La cinta estaba limpia.

—Esto es un error, recuérdalo, es todo una equivocación —murmuré frente al espejo, rociándome agua helada.

Me di una ducha para despejarme y me vestí. Tenía el estómago vacío. Apreté la velocidad y salí hacia la redacción. No había tráfico, era medio día y la hora de comer para muchos. Llegué al diario. De la habitación de Ortiz se escuchaban gritos.

—¿Qué haces aquí? —me preguntó un joven con gafas de alambre.

—¿Dónde está Ortiz? —dije.

—Está en su despacho —dijo y se levantó ofreciéndome la mano—. Soy David, el becario.

—¿Qué haces en mi mesa? —pregunté enfadado y me acerqué a él. En la redacción sólo estaba Ramiro, que había entrado al aseo.

—No sé… —dijo el joven con inseguridad—. Me dieron este ordenador.

—¡Largo! —dije y moví su silla giratoria hacia otro lado. Abrí los cajones y saqué un montón de fotografías y documentos—: Déjame libre el ordenador, lo necesito.

—¿Eres Gabriel? —preguntó entusiasmado. Me recordó a un Gabriel más joven al salir de la facultad. A mí, y a todos mis compañeros. El joven que llega de la facultad es un cuerpo sin callos, sin magulladuras físicas o emocionales. Enamorados de la profesión, creen estar dispuestos a tragar la mierda que haga falta para conseguir un espacio en el diario. No son conscientes hasta tarde de que su trabajo no tiene que envidiar al que hacen sus superiores. En la mayoría de ocasiones, los superan. Sin embargo, los fracasados y más inteligentes, deciden opositar para dar clases en un lugar en el que sólo tienen que confundir a las próximas generaciones, adoctrinándolas o contándoles batallas que nunca llegaron a existir. La profesión estaba acabada antes de que yo naciera y se había convertido en un virus, una excusa como otra cualquiera que algunos misericordiosos se empecinaban en alimentar —: He leído la noticia sobre lo tuyo.

—¿De qué estás hablando? —dije buscando en el ordenador. Tenía que encontrar los correos que me había cruzado con Hidalgo. Estaba seguro de que encontraría algo.

—Del hombre que se suicidó en la fábrica… —explicó a mis espaldas con ese tono sabelotodo. Quise empujarlo hacia atrás y callarlo para el resto de la mañana —: Dicen que está conectado con Hidalgo, el rector. Era amigo tuyo, ¿verdad?

Un trueno recorrió mi espina.

—¿Qué has dicho? —dije girándome de golpe.

El joven se asustó.

—La noticia menciona tu nombre… —dijo y me pasó un periódico de la competencia —. ¿Eres sospechoso?

—¡Cierra la puta boca! —grité y agarré el periódico —. ¿Quieres?

El chico tenía razón, pero hizo caso y desapareció de mi vista. Algún listo había largado demasiado. En primera plana, una foto de Antonio Hidalgo, rector de la Universidad de Alicante en uno de sus últimos actos. En la otra página, una foto de un apartamento. No era el mismo en el que lo había visto esconderse durante la noche de los taxis.

Una foto robada, un suicidio sin causa.

Hidalgo se había marchado, ahorcado, pendiendo de un cordel.

Unos segundos de silencio, ¿me estaba creyendo lo que leía?

Hidalgo estaba muerto, fiambre, un chorizo seco.

El pulso en mi cuello, el corazón en la garganta.

Ruido de sirenas, música de ascensores.

Alicante era una ciudad en la que las ratas caminaban de noche sigilosamente para no ser oídas desde las alcantarillas. Esconderse era un truco de ilusionistas y yo carecía de talento.

Subrayé el nombre de quien había escrito el artículo.

Lo anoté en un papel.

Blanca Desastres. Un nombre curioso.

Como no tenía mucho que hacer, tomé la dirección de los hechos.

Cogí mis cosas y abandoné la redacción dando un portazo, dejando a mi jefe gritando por el teléfono.

*

Mientras me dirigía al lugar en el que Hidalgo dio su último adiós, telefoneé a algunos compañeros de la profesión para que me dijeran más sobre la señorita Desastres. Los compañeros no eran más que fuentes de otros periódicos, mercaderes, gente en la que no podía confiar más allá de los límites que me otorgaba la profesión. Como piratas, no dudarían en acuchillarme en la parte trasera de un bar por un titular novedoso, una noticia de última hora. Así funcionaba el oficio, a mamporros bien dados y cruces de navajas, con llamadas y mensajes que casualmente siempre llegaban tarde y a destiempo. Mamarrachos. Había que ser duro, tener poca estima al prójimo y ser un egocéntrico fracasado. Yo lo tenía todo, así que jamás entendí por qué la gente se sorprendía con las reacciones de otros periodistas de segunda cuando declaraban en público. No fue muy difícil dar con el paradero de la chica. No trabajaba para El País, y como había imaginado, tampoco vivía en la ciudad, sino que era parte de la redacción nacional. Me pregunté por qué una agencia mandaría a una novicia.

La información era escasa aunque valiosa. Ninguna de las personas con las que hablé pudo decirme más que su nombre y el mal carácter de la muchacha. Carne y nervio y estaba buscando problemas con quien no debía. Los reporteros que enviaban desde Madrid o Barcelona, pensaban que trabajar en una provincia era una tarea sencilla y monótona. No les faltaba razón, aunque para encontrar algo en la provincia había que ser un ávido galgo. La falta de hechos noticiables invitaba en más de una ocasión a levantar piedras y hacer fuego, darle rienda a la creatividad propia y llenar columnas con historias pasadas de rosca. Historias verídicas sobre ancianas que se lanzaban desde un tercer piso. Mafia rusa en Torrevieja, tiroteos en plena calle un viernes por la tarde. Allí estábamos nosotros, dejándonos la piel, los padrastros en carne viva, dibujando rostros con palabras a los pasaportes eslavos escritos en cirílico. Mientras tanto, los cosmopolitas cubrían ruedas de prensa con sus teléfonos inteligentes, llenando media página sobre un plan de futuro que ni el propio Gobierno se creía. ¿A quién le importaba eso? Llevaba poco en el oficio, pero Ortiz me lo había enseñado todo. Quizá fuese la razón por la que no me había echado de la oficina. En las mejores familias también ocurría. Él conocía mis aptitudes y yo su tenacidad. Le respetaba aunque la mayor parte del tiempo me cubriese de estiércol la cabeza. No era un mal tipo, pero se había amilanado.

Me estaba acercando a una de las perpendiculares que se unían con la calle Calderón de la Barca cuando vi varios coches patrulla de la Guardia Civil. El cuartel estaba cerca, pero no solía haber tanta actividad para ser un día estival. Seguí el murmullo y las conversaciones ajenas de los viandantes que por allí pasaban hasta que vi el edificio cercado. Varios coches de policía estacionaban alrededor. Fotógrafos y otros de la profesión también estaban allí, incluso la televisión local.

—Maldita sea —dije. Sabía que muchos se preguntarían por mi paradero. La simple idea de aparecer por allí como si no supiera qué estaba ocurriendo era apocalíptica. Me engullirían como buitres hambrientos. Los pude imaginar, tomando declaraciones de mis propios tragos de saliva. Aquello me acongojó.

Encendí un cigarrillo y paré a pensar cómo podía acceder al piso en el que Hidalgo se había colgado. No iba a meter la mano en el fuego por él, pero todo me resultaba de lo más extraño. ¿Por qué lo haría? Ganaba un buen salario, incluso las cosas le iban mejor sin mí. Estaba metido en algo serio como también lo estaba el gordo de Rocamora. La publicidad de la ciudad iba a empeorar mucho más, después de los escándalos de corrupción política que había sufrido recientemente. Un rector colgado como un salchichón y un periodista sospechoso. Me hubiese encantado escribir un titular así si no hubiese sido mi pellejo el protagonista del relato.

Apoyado en la esquina de la calle, con un pie sobre el muro de ladrillo y el sonido repetitivo de las máquinas tragaperras de la cafetería, cuando una chica se dirigió a mí.

—Perdona, ¿me das fuego? —dijo. La miré de reojo, bajo los cristales verdes de mis monturas. Piernas largas y blancas como la leche. Buena delantera y cabello y ojos oscuros. No había visto en mucho tiempo unas cuencas tan negras ni una mirada tan intensa como salvaje. Saqué el mechero del bolsillo y se lo ofrecí. Ella me dio las gracias cuando me miró a los ojos —: No, espera… no puede ser verdad.

—¿Has terminado? —dije.

—¿Eres Gabriel? —preguntó excitada, algo nerviosa —. ¿Gabriel Caballero?

—¿Quién lo pregunta? —dije mosqueado.

La chica miró a su alrededor y entendió que una cafetería de viejos no era un lugar idóneo al que llevarme.

—Eres tú —dijo —. Lo suponía. Todo el mundo habla de ti ahora.

La cogí del brazo y apreté fuerte. Llevaba una camiseta de Metallica de color blanco con la portada de Ride The Lighting. Tenía la piel suave aunque un poco escuálida.

—Mira —dije entre dientes agarrándola —. ¿Por qué no me dejas tranquilo y te largas?

—¡Suéltame! —ordenó —. Me pongo a gritar, ¿es lo que quieres?

La solté.

—¿Qué buscas? —dije —. Te equivocas conmigo.

Sacó un papel arrugado del bolsillo trasero de su pantalón. Lo abrió. Era una foto mía en blanco y negro.

—No —dijo —. No me equivoco.

—Mira, estoy esperando a alguien, ¿vale? —expliqué apagando el cigarro de un pisotón —. Así que déjame tranquilo, date una vuelta y disfruta el sol… que se ha quedado una tarde muy buena.

—Que no —dijo ella —. Que vas a contarme lo de Hidalgo.

Una culebra se posó en mi estómago.

—¿Qué has dicho?

—Quiero saberlo todo —dijo —. Estoy investigando el caso.

—Un momento… —dije y un halo de luz me pegó en la frente. Era ella. No supe cómo estuve tan ciego —: ¿Eres tú la que has escrito toda esa mierda amarillista?

—Mi nombre es Blanca —dijo sonriendo.

Pisoteé varias veces la colilla.

Los que estaban por allí comenzaron a mirarnos.

Sentí sus ojos sobre mi nuca.

—Menuda zorra —dije —. ¿Sabes dónde me has metido?

—Relájate… —contestó —. Sólo hago mi trabajo.

—¿Para quién? —pregunté.

—Para quien lo paga.

—Si fueras un hombre… —dije.

—¿Qué?

—Ya te habría partido los dientes.

—No me lo estás poniendo fácil, chico.

—No me llames así, ¿quieres? —le dije. Estaba nervioso, aterrado, con los testículos en la garganta. Blanca Desastres era la esencia del propio mal. Diabólica, inteligente, calculadora y poco sutil. Su acercamiento no había sido fruto del azar. La había subestimado. Cortante en su forma de hablar aunque un poco falta de formas para mi gusto, le faltaba feminidad y le sobraba valía. Supe que me iba a generar problemas —: Mira, no sé qué sabes, y qué no sabes, pero me da bastante igual… ¿Entiendes? Yo no te puedo ayudar. La policía me acusa de algo que no he hecho.

—La policía no te acusa —dijo ella —, sólo la opinión pública.

—Mucho mejor —dije —. La opinión pública eres tú,

zorra, infundiendo mentiras.

—No vas a la cárcel por eso.

—Eres muy lista.

—Vas a decirme lo que quiero escuchar —dijo en tono amenazador —. Después te dejaré en paz.

No sé de dónde había salido aquella cría pero estaba buscando jaleo.

—Te diré lo que necesitas saber —contesté pegándome un farol —. Ahora, te vas a estar quieta y saldremos de aquí. ¿Entendido?

—¿Y si no? —dijo echándome el aliento amargo de saliva y tabaco.

La separé, empujándola en el hombro con el dedo índice.

—Tengo mis métodos —dije —. No quieras conocerlos.

*

Uno nunca sabe si esas personas que aparecen en la vida por arte de casualidad, están hechas de madera o de metal. Si serán ángeles o verdugos. Siempre es así, desconocemos los que acontece porque, a pesar de querer conocer lo que sucederá después, estamos atrapados en un presente constante, clavados como un hierro a la pared. Yo tenía la costumbre de pensar mal de toda persona que orbitara a mi alrededor. Nadie en su sano juicio querría acercarse a alguien como yo, y por tanto, todo aquel que lo hiciera, no traería más que intenciones poco amistosas. Blanca, desde el primer momento, fue como un mosquito en la pernera, un picor genital. Sin embargo, para infortunio de muchos, la encontré antes de lo que esperaba, porque estaba seguro de que no era el único tras ella. Ella vino a mí o yo a ella. Como dos imanes, nos encontramos en aquella esquina, tan romántico y pueril. Decidí sacarla de allí antes de que llamásemos demasiado la atención. Era evidente que no parecíamos una pareja. Ella, con sus trapos andrajosos de chica rebelde que seguía las tendencias y yo, atrapado décadas atrás, en unos vaqueros estrechos y rotos, camisa remangada y cabello revuelto.

No necesité mucho para convencerla. Salimos del barrio y nos fuimos hasta un bar de esos chiquitos y sucios con barra de aluminio y taburetes oxidados, uno de esos tantos que habitaban en las trincheras de General O´Donell, que sobrevivían cada mes con los cafés a euro, los vasos de tubo rellenos de Larios y desayunos de tostada con jamón. Entramos, miré las botellas y pedí un DYC con Coca-Cola para mí y una cerveza para ella mientras Blanca se encerraba en el baño. Cogí una mesa junto a una pared de azulejos con una Virgen María y un escudo del Real Madrid Club de Fútbol. Las mesas de formica con sùs acabados genuinos, típicos de una época histórica del país, un modelo que arrastraba generaciones. El camarero, un hombre cincuentón y peludo, nos dejó las bebidas. Le di las gracias y clamé a la Virgen que tenía al lado y al Real Madrid también para que jamás desaparecieran aquellos lugares llenos de encanto, de vida, de singularidad. Los bares eran el reducto de mi persona, mi jardín de infancia adulta y el único lugar en el que me podía sentar a tomar una copa sin que me hicieran preguntas.

—Aquí no vienen muchas mujeres, ¿verdad? —dijo Blanca sentándose —. El baño está hecho un asco.

—Qué delicada eres —dije con recochineo, regocijándome en la propia burla que algunos madrileños tenían sobre la gente de provincias.

Blanca sacó una grabadora de cinta de su bolso y la puso sobre la mesa.

—¿Quién te crees que eres? —dije levantando el vaso de tubo —. Nada de grabar. Retira eso, por favor.

—No —dijo —. Lo necesito.

Di un largo trago de whisky y lo sentí en mi garganta, galopando con fuerza. Nada como la destilación patria. Posé el vaso sobre la mesa. Agarré la grabadora de plástico y la lancé contra el suelo.

Se escuchó un fuerte golpe. Trozos de plástico, piezas y muelles por el suelo. Entre el barullo de la gente, algunos nos miraron. La televisión amortiguó el ruido y todos siguieron con lo suyo.

—¡Oye! ¡Comportaos! —gritó el camarero.

—¡Mi grabadora! —gritó Blanca. Había enfurecido y la tenía en mi terreno —: ¿Estás loco? Tendrás que pagarme una, imbécil.

Di otro trago. El segundo siempre entraba mejor.

—Lo siento, de verdad… —dije barriendo con un pie las piezas de plástico al interior de la mesa —. Tengo un pronto muy malo.

Me reí.

Ya lo creo que lo hice.

Su rostro era como un poema de estudiante, triste,

destartalado, sin rima. La chica sacó un cuaderno. La había humillado. La grabadora había sido una excusa, pero en su rostro encontré la respuesta. Se sentía intimidada por mi presencia y dejarla en ridículo delante de todos había hecho que se redujera físicamente. En lugar de disculparme, decidí seguir con el juego. No podía confiar en ella y era consciente de que pronto me pondría la zancadilla, como todos.

—¿Quién eres, Blanca? —dije —. ¿Por qué lo haces?
Ella dio un trago de cerveza.

—Quiero escribir un reportaje sobre los hechos —dijo —. Después venderé la noticia.

—¿Por qué? —insistí —. ¿Por qué aquí?

—Es un lugar interesante —dijo —. Se habla mucho de vosotros en Madrid.

—¿De nosotros? —pregunté.

—Sí —explicó —. Es como si nunca pasara nada. Sólo habláis de corrupción. ¿Qué pasa con el resto?

—El resto sobrevive —dije —. Es suficiente.

—¿Sabes? —dijo ella entrando en calor —. Toda esta historia, está podrida.

—Mira —contesté —, no te necesitamos.

—Necesitas un opinión externa —argumentó —. Estáis contaminados todos. Vosotros sois los primeros.

—Vaya… —dije ofendido y me crucé de brazos, echándome hacia atrás —. Lo que me faltaba. La niña pija dando consejos.

—Es la verdad —dijo.

—Pierdes el tiempo —contesté. Me estaba cabreando. Pedí otro whisky —: ¿Por qué no se lo cuentas a mi jefe?

—Tú jefe también está metido en esto —dijo.

—¿Ortiz? —pregunté —. Pobre diablo. Bastante tiene con aguantar a su familia.

La chica sacó de su bolsa unos correos electrónicos en papel. Era la correspondencia que el jefe de sección de El País había mantenido con Ortiz. Él negaba la posibilidad de colaboración para investigar los hechos ocurridos.

Escueto en palabras, clasificaba los sucesos como una desgracia sin trascendencia social.

—¿Por qué? —pregunté.

—Porque alguien se lo impide —dijo la chica —. Tu jefe te va a traicionar.

—¿Bromeas? —dije. Fue ella quien me llevó a su territorio sin que yo me diese cuenta hasta confundirme. No sabía si trataba de ayudarme o simplemente convencerme de que estaba en el lado equivocado. Por fortuna, la única verdad que rodeada mi sesuda cabeza era la desconfianza de lo absoluto. Incluso de mis propios sentimientos —: Ahora, ¿qué?

—Ayúdame —dijo ella —. Y te ayudaré.

—Tú no me puedes salvar —dije —. No sabes nada. Es asunto mío.

—¿Por qué eres tan orgulloso? —preguntó —. Porque soy una mujer, ¿verdad?

—En absoluto —dije —. Me encantan las mujeres.

—Por supuesto —dijo ella —. ¿Quién te crees que eres? ¿Pérez-Reverte?

—No —contesté. Me harté de su insolencia —: El problema eres tú. No me gustas.

Ella se rió.

—Tú tampoco a mí —confesó —. Pero no estoy aquí para buscar novio.

—Esta conversación ha terminado —dije.

—¿Cómo? —dijo ella.

—Largo de aquí —insistí.

Fui un imbécil. El alcohol me devolvió los pies a la tierra. Recordé que el cuerpo de Hidalgo estaría en algún lugar, alicatado, con los músculos entumecidos y vestido de pingüino. Recordé una de esas noches en las que acabamos en un bar a mediodía, dejándonos la decencia bajo las baldosas. Borrachos y con gafas de sol, me dijo que esperaba morirse antes que yo. Así lo hizo. Entristecí de golpe, viniéndome abajo y me inundó la angustia. Blanca dijo algo mientras se marchaba enfurecida del bar. No la escuché, fue demasiado tarde. Yo deambulaba lejos de mí y sus palabras formaron parte del hilo musical de la televisión.

Cuando salí del letargo, ya no estaba allí pero me había dejado un regalo.

Una tarjeta de contacto con un número de teléfono.

*

Una vez más, se hizo de noche. La ciudad rebosaba de un cielo azul marino casi negro que no quería apagarse del todo. Una ligera brisa acariciaba mi rostro, y mi cuerpo, que se inclinaba en dirección al mar, decidió caminar en dirección contraria. Cuando llegué a la estación de tren, esperé al autobús. La calle estaba desierta. No tardó mucho en llegar. El vehículo corrió por la avenida y tras un par de rotondas me apeé. En la puerta del tanatorio había prensa, rostros conocidos y gente de la universidad. Todos allí, reunidos en círculos, hablando de la desgracia, abrazándose por haber perdido a alguien al que apenas conocían. También estaba su ex mujer Lola, entre los círculos, vestida de negro con su último novio, un tipo canoso y engominado hacia atrás. Posiblemente un empresario con yate y casa en Tabarca. Entonces todos parecían nostálgicos y afligidos, pero lo cierto era que nadie lo telefoneó en los últimos años de su vida. Si Hidalgo salía conmigo de jarana, era por algo más que la relación de amistad que nos unía: estaba solo, como yo, y eso nos hizo más fuertes y libertinos. El desastre social que cargábamos a nuestras espaldas no era sino un problema de amistades. Terminamos encontrándonos mutuamente. Era cuestión de tiempo.

Sólo yo podía decir que conocía a Hidalgo.

No iba vestido para la ocasión y tampoco me encontraba en mis mejores condiciones para saludar a nadie. De todas formas, nunca he sabido cómo hay que prepararse para decir adiós. Quizá aquel fuera mi problema. Nunca supe decir adiós.

Me quité las gafas de sol y me arreglé el peinado, echando el cabello hacia atrás. Bordeé el edificio por la parte trasera y seguí a una empleada por un pasillo que me llevó al salón principal. Lo logré, estaba dentro. Subí las escaleras hasta el tercer piso, cuidando de no encontrarme con nadie del oficio. Cuando llegué, vi a Hidalgo en una caja, postrado y con las manos sobre el estómago y elegante para la ocasión. Necesité un abrazo y no lo tuve. Pensé en pedirlo a un desconocido pero no era una buena idea, aunque supongo que cualquiera me lo hubiese dado. Reconocí a Ortiz y a los idiotas que trabajaban para la competencia, así que no tuve más remedio que despedirme desde la lejanía. Marchitado en un rincón de las escaleras, una chica se sentó sobre el primer escalón. Iba vestida de negro, con unos vaqueros oscuros y una camisa estrecha y abotonada hasta arriba. Era delgada y tenía el pelo castaño, que le caía por los hombros. La chica comenzó a llorar en silencio. Quería pasar desapercibida, que no notaran su presencia, y al mismo tiempo estar allí, junto a él. La observé durante un rato, intentando hacer memoria para clasificarla, pero no la conocía de nada. Lloraba como nadie. ¿Quién era? ¿De qué conocía a Antonio? Intenté controlar las ganas de acercarme y acosarla con mis preguntas. Yo también estaba desesperado y a diferencia de mi experiencia con Blanca Desastres, aquella chica me transmitía ternura y bondad. «Sé diligente», me dije.

Avancé con las nalgas varios escalones. Notó mi presencia y miró hacia tras discretamente.

Otros dos escalones, más cerca y ella más nerviosa. Cesó el sollozo.

Finalmente, me acerqué.

—Lo echaremos de menos… —dije —. Pobre Antonio.

Escuché su respiración.

Tomó aire profundamente.

Si conocía bien a Hidalgo, sabía que nadie lo llamaba Antonio, sólo los más cercanos. El antiguo rector odiaba que lo llamaran por su nombre. Se justificaba explicando que un apellido tenía una historia detrás, una genealogía, mientras que un nombre era algo que ni siquiera la persona que lo llevaba, había tenido oportunidad de escogerlo. En realidad odiaba que lo compararan con un viejo personaje de la tele. Yo siempre le dije que tenía mala memoria para recordar los apellidos.

—Sí, supongo que sí —dijo ella. Su voz era delicada e infantil. Sus ojos marrones como dos castañas —: ¿Era tu amigo?

—Era su único amigo —dije forzándola a una respuesta.

Sin embargo, fue inteligente y no respondió. Estaba preparada a mis impertinencias.

—Tenía un gran corazón —dijo.

—¿Y tú? —pregunté.

—¿Yo? —dijo sorprendida sin girar el rostro —. ¿Qué?

—¿Quién eres?

—Conocía a Antonio —dijo ella —. También era mi amigo.

—¿De qué lo conocías? —insistí.

—Fue mi profesor —dijo.

Supuse que mentía. Era poco probable. Hidalgo ejerció como profesor poco antes de ser rector. Entonces recordé las palabras del restaurante. Mencionó algo sobre un proyecto, averiguaría si era ella.

—Imposible —dije.

—Como quieras.

—¿Eras tú la chica de la calle Joaquín Orozco? —pregunté lanzándome al vacío. Le metí un órdago. Seguí mi intuición. Tenía que atar cabos.

Ella reaccionó como yo esperaba, malamente. Su rostro se empalideció aún más y los músculos de la espalda se tensaron, irguiéndose hacia atrás. La agarré del brazo y clavó sus ojos en mi mano —: Espera, quiero ayudarte.

Se soltó y huyó a paso ligero.

La seguí. Era ella, no podía perderla. Pensé que no podría ir muy lejos ya que conocía su paradero. Los dos teníamos algo que ocultar. Era cuestión de tiempo que la chica bajara la guardia.

—Déjame —dijo saliendo por la parte trasera —. Llamaré a la policía.

—¿No lo entiendes? —susurré —. Antonio era mi amigo.

—¡Borracho! ¡Apártate!

—Sé que alguien lo hizo desaparecer.

—¿Eres policía? —dijo girándose. Por fin se dignó a hablar —: ¿Periodista?

—No —dije —. No soy policía.

—Periodista.

—Sí —contesté a regañadientes —. Pero eso no importa.

—Ya lo creo que importa —dijo ella —. ¿Quién te envía?

—Nadie.

—¿Han sido ellos? —preguntó —. No cederé a sus juegos.

—¡Escúchame, joder! —dije hastiado —. No sé de qué hablas, te lo juro.

—No tengo miedo —dijo ella —. Antes tendrán que matarme.

—No quiero matar a nadie —dije tranquilizándola —. No más muertos, ¿entendido?

Ella rompió a llorar de nuevo y se tiró a mis brazos.

—Antonio… —dijo entre sollozos —. Antonio…

La agarré con fuerza dándole ese abrazo que posiblemente necesitara más que yo.

—Me llamo Gabriel y era un buen amigo de Antonio —expliqué escuchando mi voz resonar en mi pecho —. No sé quién eres, pero te creo. Quiero que sepas que te creo. Antonio no se suicidó. Él no era así. Intentó avisarme de algo… Necesito tu ayuda. Necesito encontrar a quien lo hizo.

La chica se despegó de mi pecho.

—Tú no entiendes nada —dijo ella —. Mantente alejado.

—No puedo —dije —. Tengo que hacerlo.

—¿Por qué? —dijo —. ¿No puedes dejar que se ocupe la policía?

—No —contesté —. Es una cuestión personal.

—Déjalo estar —dijo ella —. Búscate otra historia.

—Alguien quiere culparme de algo que no he hecho —dije —. No voy a consentirlo. No tengo nada que perder.

—¿Qué vas a hacer? —preguntó curiosa.

—Buscar al responsable —contesté —. He nacido para

esto.

Aguantó la mirada varios segundos, como un felino desconfiado y me ofreció la mano.

—Mi nombre es Clara —dijo, estrechándome la palma —. Clara Montenegro. Tienes mi palabra.

—Gracias —dije —. ¿Por qué lo haces?

—Es una larga historia —contestó —. Mejor encontrarnos en un lugar más seguro.

—Como quieras —dije —. ¿Cómo te encontraré?

—Contactaré contigo.

Otro nombre a la lista.

La chica se despidió. Un taxi apareció y desapareció en una nube de humo. Pensé en hacer lo mismo, llegar a casa y terminar con aquel día fatídico, pero no tenía efectivo. Regresé a la parada y esperé a un autobús que me llevara al centro. Esperé un rato hasta que lo vi a lo lejos. El conductor se detuvo. El autobús estaba vacío. Compré un billete, caminé hasta el final y me senté junto a la ventana.

Entonces lo vi a él, saliendo del coche.

Era el inspector Rojo, me reconoció.

No sé por qué, quizá por temor o la incapacidad para asimilar todo lo que estaba sucediendo, comencé a reír. Saqué mis gafas de sol y reí, reí a carcajadas mientras miraba al oficial de policía.

Él miró con gesto serio. Sin mediar palabra, lo dejé atrás. Supe que no tardaría en saber de él.

7

Al día siguiente, salí de casa antes de lo usual. Estaba cansado, los nervios me impidieron conciliar el sueño. Era como si estuviera en el centro de una erupción volcánica, como si todo lo que había a mi alrededor volara en pequeños pedazos siendo yo inmune a ellos. No era consciente de que las cosas sucedían hasta que entré en contacto con ellas.

Un cielo raso habitual indicaba que haría más calor de lo normal. Aquel verano se estaba convirtiendo en un infierno meteorológico y mi energía llegaba lentamente a su límite. De camino a una cafetería del barrio, una sombra me alcanzó.

—Buenos días, señor Caballero —dijo una voz masculina. Era él, Rojo —: ¿No trabaja hoy?

—Demasiado temprano para sus preguntas, oficial —dije. Noté la distancia a unos pasos hasta que se puso a mi lado. Iba vestido de paisano y por sus maneras, estaría de buen humor.

—Ayer se marchó muy rápido —dijo con recochineo —. Me habría gustado hablar con usted.

—¿No descansa? —dije mirándolo bajo mis gafas de sol.

—Hemos avanzado en el caso —dijo —. ¿Puedo invitarle

a un café?

Nos sentamos en una mesa en la terraza de la cafetería. Pedimos café y tostadas de pan con aceite y él se quitó las gafas de sol, dejándolas sobre la mesa. Yo no hice lo mismo, quería evitar que leyera mis reacciones. Rojo deseaba ser mi amigo, una farsa para sonsacarme más información. Era un policía, una rata de calle.

—¿Esto es oficial? —pregunté.

—En absoluto —dijo —. Todo lo contrario. Esto es una conversación entre dos personas que se conocen, ¿entendido?

Me pidió que pusiera el teléfono sobre la mesa. Si íbamos a tener una conversación confidencial, tenía que asegurarse de que no lo traicionaría. Rojo se había tomado demasiadas licencias.

—¿Por qué lo haces? —dije tuteándolo.

—Tengo mis razones —dijo —. Algo no encaja.

—¿De verdad? —dije —. ¿Alguna novedad? ¿Fue realmente un asesinato?

—Dejemos algo claro —dijo —. Evitemos los términos técnicos, ¿vale? No quiero llamar la atención.

—Entendido.

—¿Por qué mentiste? —dijo el policía —. No me dijiste que Hidalgo estaba relacionado con el suicidio de Rocamora.

—Supongo que ya no importa —dije.

—Te buscarás un problema si lo vuelves a hacer.

—Claro —dije desafiante, dando otro sorbo —. ¿Qué conecta a todo esto conmigo?

—Sabes algo y no me lo quieres contar.

—Ya te lo he dicho —insistí —. Desconozco su relación.

—¿Qué te dijo Rocamora? —preguntó —. Dime la verdad.

Sopesé mi respuesta. No tenía mucho que perder. Hidalgo se había marchado para siempre y si no le daba su ración al policía, no me dejaría tranquilo.

—Confesó un asesinato.

—Interesante —dijo —. ¿De quién?

—Una chica. No me dio nombres. Una chica. Supongo que no podría cargar por ello —expliqué. El policía miró a un punto ciego y se quedó pensativo por unos segundos —: ¿Sigo siendo sospechoso?

—¿Qué más sabes?

—Eso es todo —dije.

—No mientas —repitió —. Te reuniste con Hidalgo antes de su muerte.

—¿Qué gano yo a cambio? —pregunté —: No nos veíamos desde hacía tiempo. Cuando le mencioné lo ocurrido, desapareció.

—¿Qué hiciste?

—Lo seguí.

—Eso es una falta.

—Está bien —dije —. Rectifico. Cogí un taxi. Lo último fue verlo entrar en aquel apartamento. ¿Quién vive ahí?

—Nadie —dijo el policía —. Era un piso alquilado a su nombre. Debía tener una amante.

—Es absurdo —dije fingiendo interés —. Tenía su propia vivienda. Hidalgo no tenía por qué ocultar nada.

—Eso es lo que tú piensas —contestó el policía —. Hidalgo no sólo se ahorcó. Nos dejó un camino por el que empezar, una puerta abierta.

—¿Cómo? —dije sorprendido. Aquello sí que fue un golpe.

—Antes de colgarse, ya sabes… —explicó —. Dejó sobre un escritorio un disco duro con información y varias carpetas de papel.

—¿Qué contienen? —pregunté excitado.

—Es confidencial.

—¿En serio?

—Tendrás que preguntarle a su amiga —dijo el policía.

—¿De quién hablas ahora? —pregunté.

—La chica —dijo —. Hidalgo se veía con una chica. Te vi saliendo con ella del tanatorio.

—Eres un hijo de perra —dije y saqué un cigarrillo. Lo

encendí frente a él—. ¿Hace cuanto que me sigues?

—Escúchame bien —dijo acercándose a mí. Agarró el cigarro de mi boca y lo tiró al suelo —: Han muerto dos personas y no ha sido una casualidad. No tengo interés particular en ti, pero no me gustas. Esto no es el cine, es mi trabajo. Iré a por ti si me das una buena razón y te joderé la vida.

Sus palabras retumbaron en mi cráneo. Le había durado poco la máscara de policía simpático. Preferí no decir nada sobre el cigarrillo. Era obvio que no le gustaba que fumara delante de él.

—Te equivocas de sospechoso —dije —. No soy el tipo de persona que haría algo así.

—¿Quién lo es? —preguntó —. Te sorprenderías a ti mismo de lo que eres capaz.

—Pierdes el tiempo —contesté.

—Para nada —dijo confiado —. Lo sé todo sobre ti. Sé quién eres y cómo trabajas.

—¿Y de ella? —dije preguntándole por Clara —. ¿Qué sabes de la chica?

—¿Qué sabes tú?

—Era amiga de Hidalgo, ¿no? —dije —. Nunca me habló de ella.

—Entonces no sabes nada —contestó el policía —. Ándate con ojo. Es problemática.

—Qué apropiado por tu parte.

—Hago mi trabajo. No termines como ellos —dijo. Sus palabras fueron alentadoras. ¿Era una advertencia? Rojo sabía algo que yo desconocía o se estaba tirando un farol. Quiso advertirme de Clara, aunque sólo me confundió más. ¿Serían aquellas sus intenciones? Después tomó las gafas de sol del bolsillo de la camisa y regresaron a su rostro. Sacó un billete de diez euros y lo puso sobre la mesa —: Ve y paga, tengo que irme. Sabes donde encontrarme. Mantén la boca cerrada y hablaremos pronto.

Caminé al interior y pedí la cuenta en la barra.

Cuando regresé a la mesa, ya se había marchado.

Escribió una nota en una servilleta con una dirección. Un personaje parco en palabras, en efecto. Cogí la servilleta y mi teléfono y salí de allí en dirección al centro de la ciudad. La conversación con Rojo me dejó exhausto. Se había incorporado recientemente a mi vida y ya me producía flatulencias. Necesitaba pensar, ir al paseo de la playa, junto a las rocas, y tomar algunas notas, ordenar mis ideas. Emborracharme, escuchar a Coltrane. Echar un polvo. Necesitaba calma pero era imposible encontrarla a 35 grados y una marea de turistas enrojecidos con melanoma.

Me había quedado con las ganas de saber más de todo aquello que el oficial tenía para mí. Si Clara era peligrosa, lo averiguaría empíricamente. Se acercaba el medio día y pronto necesitaría un trago. La necesidad de escribir un artículo, unas palabras, me corroía por dentro. Había perdido también mi cuaderno. No recordaba dónde estaba. Mis notas, mi vida. La escritura era mi droga, mi terapia. No importaba en qué formato, la necesidad se había convertido en una adicción enfermiza. Mi cabeza, saturada de información, hirviendo como una olla a presión y las ganas de vomitar frases en un mejunje con forma de crónica. Caminando, cientos de pensamientos se amontonaron formando una melé conceptual, uno encima del otro, sin dejar oxígeno. Pensé en Ortiz, en cómo se las apañaría sin mí; en mi familia, hacía semanas que no los llamaba; en mi cuenta del banco, si todavía existía; pensé en todas las chicas voluptuosas con las que había estado en el pasado y a las que me hubiese gustado abrazar en aquel momento; pensé en Manuela, en sus curvas y en lo bien que nos lo habríamos pasado una mañana de verano como aquella, entre latas de Mahou y follando junto a la ventana de su apartamento, sudando pegados bajo las sábanas, emborrachándonos hasta quedarnos dormidos. Pensé en todas aquellas cosas con nostalgia, añoranza, aunque sin demasiado apego.

Un último nombre se cruzó en mi cabeza.

Pensé en Blanca Desastres, la gracia de su apellido, su mala leche intrínseca y en cómo me excitaba todo aquello. Pensaba en Blanca como un adolescente eclipsado. Su rostro se impregnaba en mi retina, adherido como un chicle callejero a la suela del zapato. Agité la cabeza como una coctelera, pestañeé dejándolo todo oscuro, pero la chica seguía allí, con su camiseta de rayas venecianas. No podía ser cierto. El amor era un estado pasajero que se solucionaba teniendo sexo con una persona diferente. Yo no estaba enamorado. Hacía tiempo que me había desentendido de aquello. El amor, un anuncio de televisión, una mentira. Necesitaba acostarme con alguien. Simplemente eso. Cuando me di cuenta, había llegado a la plaza del Mercado Central.

Escuché un teléfono sonar. Pensé que procedía de una casa. Después vi que estaba junto a mí. Era una vieja cabina de teléfonos, vibrando en medio de la calle. Miré a mi alrededor pero nadie reaccionó.

El morbo a hablar con un desconocido.

Me acerqué hipnotizado por el timbre y descolgué.

—¿Sí? —dije.

—Soy yo —dijo una voz femenina. Era Clara —: Tenemos que vernos. Quiero contártelo todo.

—Sí, claro —dije sorprendido —. ¿Cómo?

—En la calle Carlet —dijo —. Hay un aparcamiento. En una hora. Te espero allí, en la última planta.

—Un momento… —dije —. ¿Dónde estás ahora?

La llamada se cortó.

—¡Mierda! —dije y colgué de un golpe el teléfono.

Salí de la cabina y miré a las fachadas, los balcones y las tiendas de ultramarinos. Clara no estaba por ninguna parte, el reflejo del sol me dejó ciego.

*

Metí la mano por el cuello de la camisa y saqué una cruz dorada que siempre colgaba en mi pecho. La besé. Comencé a flaquear, me temblaban las piernas y las palmas de las manos eran ríos de sudor. Caminé hasta la entrada del aparcamiento. Clara había elegido un lugar escondido. El aparcamiento se encontraba entre edificios, en medio de una calle pequeña que daba a dos avenidas. Entré por las escaleras y subí peldaños hasta la última planta. Todos los aparcamientos olían a igual, a aceite de coche, neumático gastado, combustible y tubo de escape. A oscuras, caminé sobre el asfalto cuando vi la luz del exterior. La última planta del edificio era la azotea. Comprobé la hora, pero no vi a ninguna chica.

Di un rodeo por allí y observé las cámaras de seguridad. Todo estaba controlado, guardado, monitorizado.

Pensé que había sido una broma de mal gusto, que estaba perdiendo el tiempo, cuando un Ford Sierra me alumbró con las luces. Di la vuelta y la vi. Era ella, con unas gafas de sol oscuras en el interior del coche.

Hizo un gesto con la mano y me acerqué.

—¿Clara? —dije.

—¡Entra, rápido! —murmuró desde el interior.

Subí por la parte delantera y me abroché el cinturón de seguridad. Observé que algo no encajaba en aquella escena. El coche era demasiado grande para ella o su cuerpo parecía diminuto en el interior del vehículo. Miré la parte trasera con disimulo, había trastos viejos y libros desordenados. Sentí una disonancia en el entorno. Arrancó y salimos de allí muy despacio. El coche zarandeaba al cambiar de marcha, no parecía cómoda al volante, como si fuera el vehículo de otra persona.

—¿Es tuyo? —pregunté.

—¿El coche? —dijo —. No. Es de mi padre.

Sospeché que me mentiría en toda pregunta que le hiciera, así que decidí guardar silencio y dejar lo banal a un lado.

Abandonamos el aparcamiento por otra salida y nos introdujimos en la ciudad. La radio estaba apagada. Clara circulaba con las gafas de sol puestas. No se las había quitado en ningún momento. La miré de perfil y entendí por qué. Me estaba ocultando parte de su rostro. Pude diferenciar un hematoma en su ojo derecho. Quería ocultarme que alguien le había azotado.

Viajamos en silencio hasta el apartamento donde Hidalgo se había colgado. Un trayecto que recordaba con frescura.

—Quiero enseñarte algo —dijo ella. Parecía alterada. Aparcamos junto a una cafetería que hacía esquina. Entramos en el local y Clara se sentó en una mesa. Yo la seguí —: Déjame invitarte.

No opuse resistencia.

El camarero se acercó a la mesa.

—¿Qué van a pedir?

—Un café —dijo ella.

—Un whisky con Coca-Cola —contesté. Clara me miró extrañada. El camarero no se sorprendió. Estaba habituado.

—Así será —dijo el hombre y se marchó.

—¿Piensas quitarte las gafas? —pregunté.

—No —dijo ella —. No quiero llamar la atención.

—Ya lo has hecho —dije —. No creo que cambie nada.

El camarero regresó y puso el café, un bol con patatas fritas y un whisky con Coca-Cola en un vaso de tubo.

—Cóbrese —dijo Clara dándole un billete de diez euros —, por favor.

—Como quiera —dijo el tipo extrañado.

—Mira, Gabriel —dijo ella —. Hay algo que debes saber.

—Por favor —dije después de un trago —. Al grano. ¿De qué va todo esto?

—Hidalgo no era mi amigo —dijo ella —. Era mi pareja.

—¿Novios?

—Llámalo como quieras —contestó la chica —. No

vivíamos juntos, aunque pasaba muchas noches en su apartamento. Nos conocimos en la facultad. No era mi profesor, ni siquiera sabía que era docente. Se encontraba en un momento delicado de su vida.

—¿Cómo os conocisteis? —pregunté agarrado al frío tubo de cristal.

—En una reunión —dijo.

—Reunión… ¿de qué?

—Terapia —contestó la chica —. Veo que sólo conociste al viejo Hidalgo.

—Continúa —dije enfadado. Saqué un bolígrafo de mi bolsillo y arranqué una servilleta que agradecía mi visita. Nunca había escuchado nada de lo que me estaba contando esa mujer.

—Yo trabajaba en una organización que ayudaba a personas con problemas —dijo ella —. Soy psicóloga. Una mañana estaba allí, sentada, leyendo un libro cuando lo vi entrar en el centro, sin luz, con el rostro apagado. Su voz me embelesó. Parecía tímido, como si hubiese pensado demasiado lo que hacía. Le dije que se tranquilizara y lo inscribí en la primera sesión. Le prometí que no diría su nombre.

—¿Cuándo ocurrió eso? —pregunté incrédulo.

—Antes de que lo nombraran rector —dijo con una sonrisa nostálgica —. No fue una casualidad, todo estaba relacionado.

—Él nunca buscó responsabilidades —contesté —. ¿Qué pasó?

—Hidalgo llegó pidiendo ayuda y la obtuvo. Al principio sólo escuchaba las historias de otros. Más tarde, se abrió al grupo. Habló de su divorcio, de sus problemas económicos, de su hijo…

—¿Tenía un hijo? —pregunté atónito.

—No —dijo ella —. Ya no. Murió al año de nacer. Fue la causa de su divorcio.

—Vaya —dije, interpretando la información como un duro golpe —. Nunca me dijo nada.

—También nos habló de ti —añadió.

—¿Qué dijo?

—Nunca nos habló de ti como un amigo —explicó la chica —. Ni siquiera nos dijo tu nombre. Hablaba de un demonio interior, una criatura que lo había arrastrado a las tinieblas. No podía deshacerse de ti, cortar con tu relación. Eras su droga, se sentía libre contigo, pero cuando regresaba a casa veía cómo su vida ardía en llamas lentamente.

—¿Te estás riendo de mí? —dije. Sus palabras erizaron mi vello. Sudores fríos recorrieron mi espina dorsal. Hidalgo me veía como el villano de su propia historia —: Yo nunca lo forcé a nada.

—Eso también lo sé —dijo ella —. Él te consideraba inmortal.

—Creo que a Hidalgo se le fue la cabeza —dije dando otro trago al whisky —. Ahora entiendo por qué me evitó todo este tiempo.

—Necesitaba ayuda —dijo —. Nosotros lo cuidamos.

—¿Sí? —pregunté ofendido —. ¿Y por qué se colgó?

—Quería protegerme —dijo ella —. Fue mi culpa. Yo le animé a que lo hiciera.

—¿Suicidio?

—Cuando dejó la bebida y logramos que se olvidara de ti —explicó la chica —, se convirtió en otra persona, un nuevo ser. Irreconocible, admirable.

—Eso vi —interrumpí —. ¿A qué lo animaste?

—Me había enamorado de él, pero no se lo dije —continuó —. Habíamos comido alguna que otra vez fuera, pero sin llegar a nada… Así que lo invité a pasar un fin de semana con nosotros, en un campamento del silencio. Allí conoció al resto del grupo, a la familia.

La historia se oscurecía con cada palabra que salía de su boca. No quería entender que a Hidalgo le habían lavado el cerebro hasta olvidarse de mí. Clara tenía razón. Era otro ser humano cuando lo vi en el restaurante. Entonces me pregunté qué habría hecho para que lo quisieran matar.

—Así llegó a rector, ¿verdad? —dije.

La chica asintió.

—Desarrolló una habilidad para empatizar con otros que no gustó a todos —dijo Clara —. Antonio brillaba como una estrella y nuestro guía quiso encontrarse con él.

—Vuestro guía… —dije —. Tétrico.

—El resto es historia —dijo ella —. Gabriel, tienes que sacar esto a la luz.

—Que Hidalgo estaba metido en una secta… —dije —. ¿Es eso?

—No son una secta —dijo ella —. Son más que eso. Una secta es un término, una palabra.

—¿Cómo se dejó convencer? —pregunté —. Él siempre fue inteligente.

—No eres consciente —explicó —. El lavado es gradual. Cuando te das cuenta no puedes salir.

—Él se dio cuenta de eso, ¿verdad?

—No —dijo ella —. Primero fui yo. Fui quien lo metió en eso, y también quien lo quiso sacar.

—¿Pero?

—Antonio tenía demasiados compromisos —explicó —. Se había metido en un callejón sin salida.

—Por eso envió a Rocamora —dije —. Para que llegara hasta aquí.

—Más o menos —dijo Clara —. Fue un golpe de azar. Rocamora mató a una chica y no supo a quién acudir, así que se lo contó a Hidalgo.

—¿Por qué a una chica? —pregunté.

—Esa chica era yo —dijo —. El pobre idiota se equivocó. Era un torpe.

—No entiendo.

—Querían acabar conmigo —dijo —. Rocamora eligió a la chica equivocada.

—¿Cómo matas a la persona equivocada?

—A veces, sucede —dijo.

—Hidalgo desapareció para protegerte —dije. Ella mentía —: Se dio cuenta de lo que estaba pasando.

—Así es —dijo ella —. Me quieren a mí.

—Fuiste tú la que me buscó todo este tiempo —dije —. ¿Verdad?

—Esta gente es peligrosa —explicó la chica —. Tienen mucho poder, más del que imaginas.

—¿Quién coño eres? —pregunté —. ¿Cómo es que no he sabido de ti hasta ahora?

Clara metió la mano en el bolso, sacó un juego de llaves y las puso sobre la mesa.

—Son las llaves del apartamento —dijo y me miró bajo sus gafas de sol. De fondo se escuchaba el el ruido de la televisión —: Hay una caja debajo de la cocina.

—No, gracias —dije —. No soy Hidalgo. No voy a entrar en tu juego.

Ella movió las llaves hacia mí —: Ya te lo he dicho… ¿Qué te hace pensar eso?

—Está en tus ojos —dijo ella —. Quieres escribir esta historia.

—En este momento —dije —, me preocupan otras cosas.

—Encontrarás lo que necesitas para que ese policía te descarte… —añadió —. Está todo en la caja.

—Yo no he hecho nada, ¿entendido? —dije —. Soy inocente… Si hay algo que demostrar, lo tendrán que hacer ellos.

—Lo harás —contestó ella.

Pese a su insolencia, sabía cómo convencer a través de las emociones. Me había puesto contra la pared, dejándome sin opciones. La curiosidad era superior a mi lógica. La idea de saber qué había en el apartamento, se volvía más y más viva.

—¿Qué ganas tú? —pregunté.

—Justicia —dijo ella y se quitó las gafas. Dejó visible su mirada, desagradable y morada. Tenía el ojo derecho abultado, hinchado como una pelota de tenis. Alguien le había dado una buena pasada de golpes —: Por él. Por mí. Por los que lo intentaron.

Se colocó las gafas otra vez.

—Necesito más información —dije —. Tengo muchas preguntas.

—Todo está en la caja, Gabriel —contestó agotada. Sus ganas de seguir hablando se habían marchitado —: Direcciones, nombres, fotos… Ahora, márchate.

Las piernas me temblaban. Los sudores continuaban por mi cuerpo.

Me levanté de la mesa y eché las llaves en el bolsillo de mi pantalón.

—¿Nos volveremos a ver? —pregunté de pie.

Ella permaneció sentada.

—Quizá —dijo y suspiró —. Algún día.

—Tengo una última pregunta —dije.

—Tú dirás… —dijo ella.

—¿Por qué yo?

—Porque eres al único al que temen —dijo la mujer —. Hidalgo nos habló a todos de ti. Siempre fuiste su obsesión, un objeto de superación. Era un buen hombre, ¿sabes?. Él te admiró, hasta que te convirtió en su enemigo… Estaba equivocado. Antonio era su propio enemigo. Para los de abajo, eres un demonio, la causa de todo lo que está pasando.

Sin respirar, di media vuelta y salí de allí pensando en lo que había dicho. Caminé en línea recta hasta el portal que me había indicado Clara. No supe si creerme su historia, aunque reconozco que me aterré de pensar en que algo así estaba sucediendo. Me sentí dolido, impotente al pensar en Hidalgo. No entendí qué le había hecho para que se encaprichara conmigo. Todos teníamos nuestros miedos y obsesiones. Siempre, es inevitable. En ocasiones, controlables, aunque nos quiten el sueño. Puede que las suyas fuesen demasiado lejos.

Embotado tras la conversación, respiré aire fresco. Para sentirme mejor, me detuve en medio de la calzada a encender un cigarrillo. Al acercarme al mechero, un reflejo levantó mi atención y vi por el retrovisor de un coche que alguien me seguía. Un vehículo rojo estacionado en medio de la carretera, varios metros más atrás. El coche estaba en marcha. No vi bien a quien conducía, pero supe que era un hombre por su silueta, y ese brazo apoyado en la ventanilla. Conforme caminaba, el coche se acercaba un poco cada vez más, recortando la distancia, aumentando el ruido. Caminé ligero con la esperanza de comenzar a correr en dirección prohibida cuando girara la esquina. El coche aumentó la velocidad y moví las piernas todo lo rápido que pude. Él me siguió en paralelo. Era un hombre con gafas de sol. Se acercó a la acera en un primer intento y golpeó a uno de los coches que estaban estacionados. Se escuchó un impacto. Apenas me rozó cuando me detuve, paralizado, con el corazón en la garganta. Empujé un contenedor verde de basura contra el vehículo. Era ligero, estaba casi vacío. No fue un movimiento inteligente. Corrí más hasta la siguiente esquina. Volvió a acercarse. Las calles desiertas a esas horas, propio del verano en la ciudad. Otra embestida y me arrollaría, dejándome postrado en una camilla. Entonces escuché una motocicleta. El ruido procedía de la otra calle. Aterrado, miré al coche, rezando. El conductor, oculto bajo sus monturas, quemaba rueda, rugiendo el motor.

Sonó un fuerte golpe.

Un ladrillo rojo impactó contra la luna delantera, haciendo el cristal añicos.

—¡Gabriel! —gritó una voz femenina. Era Blanca, subida a una Vespa de color azul —: ¡Vamos!

Corrí hacia Blanca, me subí en la parte trasera y rugió el motor de la motocicleta, dejando una estela de humo, disparados como un torrente de agua en dirección norte. Blanca me ofreció un casco que me puse y después me agarré a ella. Un milagro, un jodido milagro. Sentí náuseas, quise vomitar y al mismo tiempo saltar y ser libre.

Dejamos al coche atrás y nos perdimos hasta llegar a la playa de la Albufereta. Blanca se detuvo junto al mar y vimos el agua desde lo alto.

—¡Joder! —dije al bajar de la moto —. ¡Qué era eso!

Era como sentirse de madrugada después de esnifar un poco.

Ella se quitó el casco.

—¿Estás bien? —preguntó.

Me acerqué, poniéndome frente a su cuerpo.

—¿Qué hacías allí? ¡Habla! —pregunté acusándola con el dedo —. ¿Me estabas siguiendo?

—Te acabo de salvar la vida —dijo —. ¿Eres imbécil?

Bajé las escaleras que separaban la muralla de piedra y la orilla del mar y me senté en una roca.

Blanca me siguió.

—¿Qué quieres? —pregunté agotado —. Contéstame.

—Tengo fotos tuyas con esa mujer —dijo fría y cortante, como si todo lo que había sucedido una hora antes hubiese sido en un cine de verano y no en la vida real —. Quiero saber qué está pasando.

—¿No lo entiendes? —pregunté mirándola a los ojos —. Tienes un jodido problema.

—No. Quien tiene un problema eres tú —dijo —. Esta es mi historia. Voy a escribirla y ni tú ni nadie me lo va a impedir.

Le debía un favor, le debía la vida.

Blanca tan sólo había empezado.

Estábamos bien jodidos.

*

Blanca Desastres y yo hablamos de lo sucedido. Me había seguido. Lo llevaba haciendo desde el principio. No sé cómo no pude darme cuenta antes.

Parecía entusiasmada por la historia y tenía las agallas suficientes para ir hasta el final. Sin embargo, existía un factor que la empujaba a todo aquello, más allá de lo profesional. Deduje que estaba movida por alguna causa emocional más poderosa que no tardaría en decirme.

Por mi parte, no tenía demasiadas opciones. Yo sólo me había metido en un laberinto de ratas del que cada vez resultaba más difícil abandonar.

Los sujetos se amontonaban.

Clara subía posiciones.

Nunca había escuchado su nombre, ni visto su rostro en la prensa local o en la televisión. Blanca tampoco. Siempre pensé que la gente con poder e influencia en Alicante, era conocida, lo deseara o no. Era una ley contra la que no se podía batallar. Los círculos sociales siempre quedaban reducidos, y al final, una llamada llevaba a otra, y de ahí a un contacto. Podías encajar los nombres en un hora, un día. No obstante, nunca antes me había parado a pensar en las cloacas sociales. Un hábitat a parte, paralelo. Un escenario en el que la prensa prefería no entrar y mantenerse al margen. Todas las historias marginales que evitaba para así no enfrentarse a la corrupción de los que gobernaban. Era fácil y más seguro si uno deseaba preservar su mísero salario.

Recordé que en el pasado me había encargado de una historia similar. Se trataba de un chico que había logrado abandonar una secta religiosa. La organización, formada por psiquiatras y terapeutas, había robado miles de euros a sus integrantes. Sucedió en silencio. Las familias conectaron unas a otras y terminó absorbiendo a un barrio entero. Poco más tarde y mientras se desarrollaba el juicio contra los dirigentes, el chico visitó a cada uno de ellos, casa por casa, y les cortó la cabeza con una sierra. Después se pegó un tiro en la sien. Un episodio negro que tardó poco en olvidarse, como normalmente sucedía con las noticias del mismo género. Nos habíamos acostumbrado a leer tales historias que nada nos horrorizaba.

—¿Vas a ir a la policía? —preguntó Blanca.

—No —contesté. Su rostro se relajó. No quería que tirara la toalla. Clara me lo había dejado claro. Todo lo que necesitaba estaba en esa caja, en el apartamento. No quería dar un paso en falso. El oficial Rojo no me tomaría en serio, escuchando de mi boca una historia propia de un concurso de literatura —: Tienes que acompañarme a esa casa.

—La caja —dijo ella.

—Sí —contesté —. Supongo que sí.

—Estarán vigilando —dijo —. Tendremos que llevar cuidado.

—No la encontrarán —añadí.

—¿Cómo estás tan seguro?

—Porque desconocen lo que están buscando.

Blanca me acercó hasta mi apartamento y estacionamos junto al Bar Ramiro, una cafetería española con aspecto de taberna que acomodaba a los parroquianos del barrio, sirviendo cerveza y vino de barril, bocadillos y fútbol. El bar estaba lleno, había fútbol aunque no recuerdo quién jugaba.

—Gracias —dije y me apeé de la motocicleta.

Le entregué el casco y sin intención de hacerlo, rocé sus dedos. Algo se incendió entre nosotros. Puede que fuese la electricidad estática o la tensión de todo lo acontecido. Ambos lo sentimos. Blanca me miró con esa mirada furtiva y desconfiada de mujer fatal con problemas, como cantaba Loquillo. Su camiseta de Velvet Underground y la ilustración del plátano amarillo, arrugado sobre sus pechos y su ombligo. El silencio duró varios segundos, con nuestros ojos revoloteando por los alrededores mientras pensábamos qué decir. Blanca podría ser dura como un caparazón de tortuga pero su timidez estaba latente, así que me lancé —: ¿Quieres una cerveza? Invito yo, por la carrera… —dije.

—¿Ahí? —dijo ella señalando al bar de viejos.

—Sí —contesté.

—Vale —dijo sin cambiar la expresión.

—Antes tengo que subir a mi apartamento —dije —. Será un minuto.

Blanca decidió subir conmigo. No tenía ninguna intención de enseñarle mi casa para que se habituara a ella. Reconozco que durante esos días pensé más sobre mi vida que sobre las posibilidades que tenía de llevármela a la cama. Cuando salimos del ascensor recuperamos el habla. Abrí la puerta de mi apartamento. El bombín estaba desencajado. La habían forzado. Al entrar, todo estaba desordenado. Aquella vez parecía que habían entrado en busca de algo concreto.

—Vaya lío —dijo Blanca —. ¿Qué dicen las mujeres cuando vienen?

—No seas idiota —contesté —. Es obvio que alguien ha entrado en mi casa.

Caminé apresurado hasta mi habitación. Habían arrasado todo. La ropa estaba sobre la cama, el colchón rajado. Lo mismo sucedía en el resto de dormitorios. Se habían llevado mi ordenador portátil y las fotografías que tenía pinchadas en un corcho de madera.

—¡Maldita sea! —dije dando una patada en la puerta —. ¿Qué quieren esos cabrones?

—No lo sé —dijo —. Pero han puesto empeño.

—Es la segunda vez.

—¿Qué buscan?

—No lo sé —dije —. Imagino que algo con lo que hundirme.

Blanca sacó su cámara de fotos del bolsillo y tomó

instantáneas del estado de las habitaciones.

—Esto nos ayudará a entenderlo mejor —dijo mientras sonaba el obturador —. No vas a llamar a la policía, ¿verdad?

La miré enfurecido. Sólo le preocupaba ella y su historia. Nada más.

Agarré un marco con una fotografía y lo lancé contra la pared, a varios metros de ella. Se escuchó un fuerte estallido.

—¿Estás loco, tío? —gritó —. ¡Me puedes matar!

Saqué un cigarro arrugado de mi pantalón, lo encendí y salí de allí, dejándola sola, paralizada, gritándome y sin poner atención a sus palabras.

Caminé hasta el bar, pedí un whisky con Coca-Cola y me senté en la barra junto a un grupo de cuarentones con barriga que me daban la espalda y miraban la televisión. Necesitaba pensar, decidir qué hacer. Llamar a la policía y terminar con todo o directamente saltar sobre una trituradora de carne como aquel tipo de la fábrica. Arrastraba sueño, resaca, malestar y dolor de cabeza. La sequedad de mi cabeza me impedía pensar. Tenía hambre. Pedí un bocadillo de lomo. Le di varios bocados y vi el fútbol. La copa estaba cargada y me costaba beberla. Entendí que si habían entrado una vez, podían hacerlo de nuevo. La puerta era vieja y el bombín barato. Afortunadamente, en mi piso no había mucho que encontrar. Un día llegué allí con dos maletas y eso fue todo. Nunca compré muebles o ropa. Sólo comida, algún producto de limpieza y poco más. No me importaba. Me gustaba la idea de vivir con poco más que lo que realmente uno necesitaba. Tenía una foto de Steve Jobs bajo una lámpara y eso me hacía pensar que yo era como él, aunque no poseyera ni la mitad de talento o dinero que le cabía en un bolsillo. Él era un genio de lo suyo y yo de lo mío. El problema es que no había descubierto todavía qué me hacía especial. Tampoco se llevaron los cuadernos. Los muy idiotas obviaron lo más esencial en la herencia del ser humano: la escritura. Tomaba notas en cuadernos que compraba en las tiendas de chinos. Escribía en papeles sucios y periódicos que después sujetaba con grapas y convertía en libros de notas. Incluso escribía en los márgenes de las novelas que tomaba prestadas de las bibliotecas públicas. La escritura en mi vida era una función vital más, en ocasiones, más importante que comer o caminar.

Al rato, apareció Blanca por el bar. Me había redimido.

Cogió un taburete de espuma y se sentó en la barra junto a mí. Entre el ruido de la televisión y los voceos de los hombres vulgares, escuché sus dulces palabras.

—Puedes dormir en mi sofá —dijo —. Quédate el tiempo que necesites.

Blanca Desastres, la chica que sólo pensaba en sí misma, me estaba acogiendo en su morada. No imaginé cuánta lástima tuve que darle cuando abandoné desesperado el apartamento para que hiciera algo así.

—¿Estás segura? —pregunté.

—No hagas que me arrepienta —dijo.

—Gracias —contesté —. No seré un problema.

El camarero le puso una cerveza y brindamos. Su gesto me hizo sentir mejor. No había asimilado los acontecimientos pero empezaba a sentir la necesidad de ser abrazado y dormir con alguien. Supe que aquel día dormiría en el sofá, y que, posiblemente, tendrían que pasar muchos más para dormir con ella entre mis brazos. Pero no me importaba. Me encontraba muy solo. Hidalgo era el holograma en la lejanía de lo que me quedaba, y también se había marchado para siempre.

Miré el vaso de tubo a medias, un poco aguado por el hielo. Levanté el cristal contra la luz y empiné el codo, una vez más. El líquido tocó mis dientes, acarició mi garganta y cruzó la tráquea. Tenía mucho trabajo por delante.

Salvarme a mí, a Hidalgo, salvarnos a todos y quitarme de encima a Blanca Desastres o vivir con ella para siempre. El tiempo corría y no a mi favor.

El bar se vació poco a poco, dejándonos allí en la desolación propia y mundana de los pensamientos. Miré por el cristal y vi a esa gente en manga corta y camisas de rayas abiertas hasta el pecho.

La noche sería húmeda y yo cogería aquel sofá con placer.

Miré a Blanca a los ojos y la devoré con la mirada.

Ella miró a mis labios.

Estuvimos cerca.

Después esputó unas palabras:

—¿Has terminado? —dijo —. Están cerrando.

8

Desperté con el ruido de la cafetera y una música insoportable que salía del ordenador portátil. Mi rostro aplastado contra el sofá, sentí las marcas en la piel por haber dormido boca abajo. Blanca había alquilado un estudio de una habitación y un salón cocina en el que yo me encontraba. Paredes blancas, escasez de muebles y una mesa de Ikea. Abrí el ojo y la vi con el pelo recogido en una cola y su cuaderno sobre la mesa, junto al ordenador.

Blanca era otra. Tuve la sensación de que yo era el único que no cambiaba entre fase y fase. Era el único con una sola cara de la moneda, una única personalidad, y resultaba contraproducente, agotador. Hacía calor y necesitaba una ducha. Los rayos del sol golpeaban contra la pared de la nevera que había junto a ella. Blanca tostaba pan en una sartén negra y servía dos tazas de café negro.

Me desplacé como una morsa a orillas de la playa y emití un gruñido.

—¿Has dormido bien? —preguntó ella con un tono suave—. No te he querido despertar, pero tu teléfono ha sonado varias veces.

—¿Mi teléfono? —pregunté—. ¿Y tú? ¿Has descansado?

—Lo necesario —dijo y puso el pan requemado en un

plato —. Hay poca información sobre esa mujer.

—¿Qué tienes?

—Una dirección —dijo —. La dirección de un centro.

—Con eso no hacemos nada —contesté.

—Tenemos que ir al apartamento, Gabriel —dijo —. No hay otra opción.

Me levanté, cogí la taza de la mesa y di un trago al café. Ardió en mi garganta. Miré por la ventana.

—Iré solo —dije —. Tú esperarás fuera.

—No —contestó.

—Si te pasara algo… —dije.

—No me va a pasar nada —dijo confiada —. No son profesionales, además que tienen un tufo rancio a aficionado.

—Subestimas a la gente —dije —. Te pasará factura.

Regresé a la mesa y me senté junto a ella. Di varios bocados a una rebanada de pan tostado con aceite y me di una ducha. Cuando salí, había un ordenador viejo encima de la mesa. Blanca no se había cambiado de ropa y vestía una camiseta sin mangas por la que se podía ver su sujetador negro.

Encendí el ordenador.

—¿Qué sabes de cine? —preguntó con los ojos en la pantalla.

—No me gusta demasiado —dije —. Nunca me ha interesado.

—Eres un tipo extraño —dijo ella —. A todo el mundo le gusta ver películas.

—A mí no —dije —. Es un entretenimiento más. Respeto a los actores y entiendo que cobren por su trabajo para entretener a otros.

—Es una profesión difícil —dijo ella tecleando.

—Como otra cualquiera —insistí —. Un actor es simplemente… eso.

No me interesaba el arte dramático, ni las vidas millonarias. No le tenía ningún respeto a todo lo que representaba, pero la intuición me dijo que ella sí. Dejando las disputas personales a un lado, no consideraba el arte dramático como una forma de creación sino de representación. Por tanto, no estaba interesado. Tenía una gran estima por los músicos, por los escritores e incluso los pintores. Había estigmatizado a los actores como a los futbolistas, estrellas del pop o cualquier periodista que acabase de presentador en una cadena de televisión. Cada uno tenía que ganarse el jornal como pudiera y del modo más legal posible. Sin embargo no podía decirle a Blanca que si hablábamos de cine, de música o de cualquier otro tema que saliera de los límites de nuestra relación, la investigación que habíamos decidido llevar a cabo o el origen de nuestros nombres y apellidos, terminaríamos discutiendo. Esa era mi personalidad y no podía cambiarla, no podía camuflarme e interpretar otro de esos múltiples rostros que el ser humano posee. Quizá por eso no tenía ningún tipo de respeto público a los actores. Un modo de decir «Debo descargar mi odio aquí, es el único lugar donde pasa desapercibido y toma otra forma más poética, humana. La misma idea pero con diferente forma consigue que me escuchen una y otra vez».

El panorama era desolador. Miré el teléfono y las dos llamadas que tenía eran de Ortiz. A esas alturas ya habría perdido mi trabajo. La redacción se había convertido en una mesa de un apartamento en un barrio que no conocía.

Pedí a Blanca que quitara la música y encendí la radio. En el noticiario informaron de la pérdida de Hidalgo. La locutora dio una lista de nombres, personalidades, personajes públicos y políticos. Además del funeral de despedida, se iba a celebrar un acto en honor a su persona.

—Todos quieren ir a la fiesta —dijo Blanca —. Deberíamos ir.

—No entiendo nada —dije —. Es una vergüenza.

—Puede ser interesante —dijo. La chica continuó mirando a la pantalla —: He encontrado algo. Unas iniciales.

Miré a la pantalla y vi las letras C y F. Después la miré a ella. Sinceramente, hubiese preferido encontrarme en aquel estudio por otras razones que nos incluyera a los dos, sin ropa y en la cama, y no allí como dos estudiantes de carrera haciendo un trabajo final.

—Joder, Blanca —dije —. No estoy tan seguro de que haya algo allí.

—Así —contestó —, nunca lo sabremos.

Insistí en que investigáramos más. La ingenuidad de Blanca la cegaba de lo que podía estar sucediendo. El periodismo en las películas era una profesión segura, de redacciones grandes, largas tiradas de papel, escritores individuales y final feliz. En la vida real no era así. El mundo era un lugar demasiado obsceno y macabro para escribirlo en un guión de cine y hablar sobre ello. Los americanos tenían una buena receta para nuestra memoria y así nos confundían. La mayor parte del tiempo, el periodismo era una palabra y la profesión un aburrimiento en el que rellenar y contrastar datos sin más dilación. La gente ya no se asustaba al leer que alguien se había tirado desde un tercer piso o que una mujer había cortado la cabeza de su marido. Comparar tales noticias con una matanza filmada era un chiste barato. Sin embargo, los homicidios caseros, las historias de la calle y esas pequeñas noticias que aparecían sin foto, en una columna de 2x5 con un titular escueto y en negrita, era lo más terrorífico que podía suceder, porque era auténtico, real, y deseábamos no volver a escribir historias como aquellas. Entendí que pisando aquel camino por el que me adentraba, me convertía en un futuro titular de noticia, en blanco y negro y sin fotografía.

Malditos veranos de sol y playas de gente vulgar y común, y hago una diferencia porque debo matizar en que no había más que personas sin mucho que aportar a sus propias vidas, atrapados en una celda social de conversaciones vacías y sin dirección. Gente vulgar que camina sin camiseta, exhibiendo sus carnes flácidas y las barrigas, esas tripas deformadas a causa de la cerveza la falta de ejercicio, que con los años toman una forma esférica como el tamaño de una aceituna gigante. Hombres y mujeres sin pudor alguno que se exhiben como animales marinos a orillas de la playa para tomar el sol, embadurnados de crema lechosa con olor a lavanda; con sus gafas de mercadillo, las sombrillas patrocinadas por marcas de helados y los sombreros de paja de alguna marca de cerveza que gritan "Viva España". Porque en verano, todo se permite y lo único que importa es pasarlo en sintonía con un vaso de tubo relleno de ginebra barata y limón.

Las llaves del apartamento de Clara seguían allí, junto al cenicero del mueble, esperando a ser puestas en mi bolsillo. Tarde o temprano tendría que hacerlo si quería dar punto y final a toda aquella historia. Pero algo no cuadraba en el plan que la amante de Hidalgo había establecido para mí. El policía me advirtió que no me fiara demasiado de ella. El piso fue precintado por los agentes poco después de encontrar el cuerpo de Hidalgo colgado y tieso como un chorizo. Iba a ser complicado enfrentarme a ello, a mi culpa por no haberlo salvado.

Tras lo hechos pasados, tenía que buscar una excusa. Blanca no se daría por vencida hasta entrar en él, eso era obvio. Algo en mi interior me decía que debíamos esperar.

—Tengo lo que buscamos —dijo Blanca con el rostro iluminado.

Había encontrado varios artículos sobre un grupo terapéutico llamado "Los hermanos del silencio". Nunca había oído aquel nombre. Le pedí que leyera lo que encontró mientras me encendí un cigarrillo junto a la ventana y puse un poco más de café en la taza. Comentarios en foros de internet denunciaban los abusos de una organización que mermaba a la gente psicológicamente a través de la hipnosis o el maltrato psicológico. Siguió leyendo los mensajes de opinión que repetían las mismas historias con diferentes nombres, familiares y amigos. Todo apuntaba a que se trataba de una secta, pero no existían pruebas de que la causa de su por qué, fuera económica.

Aquellas organizaciones no eran más que grupos de supervivencia en los que una persona débil se encontraba con una más fuerte que buscaba sacar algo a cambio. Microsociedades que se encontraban en el mundo base y atentaban contra los intereses del sistema en el que vivíamos. Era como si en aquella teoría platónica de las ideas, hubiese otra red de ideas funcionando. Como si las sociedades se pudieran reproducir dentro de sí, como fractales, dando lugar a otras hasta una posibilidad infinita. Discrepaba en la opinión de que aquellos grupos limitados de personas fueran muy diferentes al que considerábamos único y libre. Yo no era libre, así como mis pensamientos tampoco lo eran. No podían. De haber nacido en otro entorno, hubiese sido otra persona completamente diferente, pero no lo era, y debía aceptar esa gran verdad. La injusticia, los dogmas, la educación y lo que se escuchaba en casa, en la escuela o con los amigos. Todo era lo mismo, y así me había convertido en un ser lleno de prejuicios y mermado gracias a un sistema social que se resquebrajaba lentamente. Las ideas no eran más que un conjunto de conceptos que se distorsionaban en el tiempo, manipulándolas a nuestro antojo, poniéndoles el marco preferido hasta creérnoslas del todo para así dejarlas en el mueble de la cocina. Los recuerdos eran álbumes de fotos, algunas difíciles de arrancar y otras simplemente extraíbles. Por tanto, vivir el momento no era ninguna estupidez si entendíamos que sólo existía una realidad que era la nuestra y estaba plagada de mentiras y falsas ilusiones. El presente, la aguja del reloj que se movía en un tic y en un tac, eso era lo único real que podíamos considerar como auténtico, porque más tarde pasaría a ser un recuerdo de colores mate, saturados. Un recuerdo distorsionado por nuestros propios prejuicios.

—Deberíamos probar —dijo Blanca.

—Lo siento —dijo —. Me quedo fuera de esto.

—Como quieras —contestó —. Iré a una de sus sesiones. Quiero conocer a esta gente. Deben tener relación con lo que me has contado.

—¿Y si te lavan el tarro? —pregunté con mofa.

—Hay que tomar riesgos —dijo. Me acerqué a ella por detrás y vi la página web del centro. Era un edificio vulgar, pulcro y sin decoración. Los textos se complementaban con citas de Confucio, Siddharta, Lao Tse y otros filósofos orientales. Todo parecía muy tranquilo en las fotos. El silencio también podía significar tranquilidad, pensé —: ¿Estás seguro? Tienen una zona de meditación.

—El mundo se cae a pedazos —comenté.

—El tuyo también —dijo ella —. Quizá te inspire.

—Tengo una vida que recuperar —dije —. No creo que empezar otra sea la solución.

—Tú ganas —dijo sin rechistar.

Ella estaba decidida. Continuó observando las fotos. No aparecían personas, rostros. El anonimato predominaba. Tampoco recortes de prensa o fotos. No daban entrevistas, no promocionaban sus actividades.

Entonces vi un rostro. Era un hombre, de pelo canoso y rostro amistoso. Tenía el pelo corto y la mirada altiva.

—Amplia esa foto —ordené. Blanca lo hizo. Abrió la foto y la amplió. Una película de fotogramas se disparó en mi cabeza, cayendo desordenada como una baraja de póquer. Lo vi, era él. Mi mente se disparó, volviéndose oscura. Era el hombre de la comisaría con el que había tropezado días antes. Lo primero que vino a mi cabeza fue aquel hijo de perra. Los sudores volvieron. Recordé a Hidalgo. Lo relacioné con él. Quise partirle el cuello. El hombre del pinchazo en el brazo pudo ser el mismo que entró en mi casa mientras dormía. ¿Me habría sedado? Desde aquel momento, desconfié de las casualidades para siempre. Era él, sin duda y aparecía en la página web como rostro representativo —: He cambiado de opinión. Yo también voy.

*

Acudimos al centro mientras establecíamos una coartada, una historia. El periodismo de investigación no era mi fuerte, pero Blanca parecía tener experiencia. Nunca se lo dije, pero cuando leí los artículos que había escrito, me sorprendió gratamente. Era buena y joven, y lo mejor: no tenía miedo. Le esperaban años difíciles pero a quién le importaba eso en aquel momento cuando nos encontrábamos a punto de formar parte de una secta que se fundamentaba en el silencio y alcanzar la paz interna. Blanca y yo fingiríamos ser una pareja normal con problemas en casa. Ella tuvo la idea y a mí me gustó cómo sonaba.

Nuestra forma desaliñada de vestir, tan poco new age y muy rocanrolera, llamaría la atención. Las camisetas apretadas de rayas venecianas que Blanca lucía normalmente, con los pechos marcados tras el sujetador o sin él. Sus pantalones rotos por las rodillas y las zapatillas bajas de lona All-Star. Era la delicia de los chicos que tenían un grupo de metal o una motocicleta. No quise idealizarla y subirla al Olimpo en el que todas las chicas guapas se encuentran porque entonces, se encontraría fuera de mi alcance para siempre. Un hombre como yo tenía que aprender a mantener su deseo a un lado sin entrar en cavilaciones idílicas, en fantasías del más allá, porque un día, sin esperarlo, el deseo se convertiría en obsesión y Blanca se daría cuenta, perdiendo el interés en mí para siempre.

—No va a funcionar —dije mirándonos frente al cristal de una tienda de muebles.

Hacíamos buena pareja.

Al mirar al reflejo, vi a dos personas totalmente desconocidas que se acercaban poco a poco. Pensé en los dos, en el apartamento en el que vivía. Recordé las imágenes en su apartamento en tercera persona, como un cámara invitado en una de esas películas francesas en blanco y negro, con carteles de películas y en las que todos visten pantalones de pinzas. Los dos sentados en la mesa, bebiendo café y poniendo aceite en el pan mientras sonaba de fondo la música infernal del ordenador. En apenas un cuarto estrecho de alquiler, podíamos convivir dos personas. Dormiríamos abrazados, todas las noches, haciéndole la cuchara para que sintiera en sus nalgas, mis erecciones antes de dormir. Blanca Desastres sería lo primero y lo último que vería cada día. Era diferente, a pesar de su dureza, sabía que era capaz de cuidar de mí así como yo de ella. Dos fuegos mal apagados conviviendo entre las brasas. Todo era posible con ella y mirarnos en aquel escaparate fue lo que me hizo darme cuenta de que me estaba colgando sin que nadie lo supiera.

Se estaba convirtiendo en el verano más entretenido de mi vida.

—Es aquí —dijo Blanca —. ¿Preparado? No sobreactúes.

—Descuida —contesté —. Estoy dentro, estoy en el papel.

Tocamos el timbre, nos quitamos las gafas de sol y entramos en un edificio blanco que tenía las paredes con gotelé. Olía a pulcritud y desinfección, como esos baños de los hospitales en los que aún se huele el alma de los fallecidos.

Caminamos por un pasillo. El local, grande. Una planta baja de techos altos con suficiente espacio para varias salas. Parecía haber sido un almacén.

Una chica apareció caminando lentamente hacia nosotros. Llevaba una sonrisa en su boca, inmóvil y relajada, como un movimiento ensayado. El pelo recogido en una cola y una bata de color blanco como las doctoras.

—Buenos días —dijo —. ¿En qué les puedo ayudar?

Escéptica, explicó dónde nos encontrábamos. Blanca se adelantó y explicó a la mujer quiénes pretendíamos ser. Ella escuchaba atenta, con gestos suaves y pausados. Aquel lugar me hacía sentir como en un anuncio de compresas, blanco, aséptico, oxigenado.

Un hombre entró en escena, saliendo de una de las habitaciones. Era él, el tipo de la comisaría, el hombre de la página web y se encontraba allí junto a nosotros. Miró a Blanca mientras hablaba y después a mí. Sonrió y caminó hasta la mujer que escuchaba a mi compañera hablar con la verborrea de un loro tropical. El hombre, vestido con una americana negra y una camiseta debajo, alcanzó a la chica de la bata blanca por detrás y puso la mano sobre su hombro.

—Perdón que les interrumpa… —dijo con un tono grave, hipnótico pero acogedor —. Mi nombre es Cornelio.

Nos estrechó la mano con un gesto firme y manteniendo la sonrisa. Poseía la misma mirada que en las fotos, unos ojos oscuros y penetrantes, impasibles. Tenía aura de liderazgo, lo desprendía en sus andares. Aquel cabrón parecía ser la cabeza pensante de todos los borregos.

Blanca y yo nos presentamos y le explicamos el supuesto problema que nos había llevado hasta allí. La chica era buena para crear historias. Mejor incluso que para escribirlas. Me costaba seguir el hilo de todos los datos que conectaba para hacer la experiencia más real hasta que decidí callarme y asentir, mirando al suelo para fingir vergüenza, dejándola hablar a ella.

—¿Cómo supisteis del centro? —preguntó Cornelio tuteándonos, sujetándose el mentón.

Comencé a sudar. La saliva me atravesó la garganta.

—Un amigo —dijo Blanca.

—¿Nombre? —dijo la mujer.

—Aquí todos somos familia —dijo Cornelio quitándole peso a la pregunta.

—Antonio… —dijo Blanca —, Antonio Hidalgo.

—Interesante… —dijo el hombre. Después le hizo un gesto a la chica tocándola la cintura y se marchó —. Yo me hago cargo, Carolina.

—¿He dicho algo inapropiado? —dijo Blanca —. Hidalgo era mi profesor. Me habló muy bien del centro… Hace años que no sé nada de él.

El hombre cambió de nuevo su gesto de intriga y esbozó una sonrisa ensayada. Después abrió su brazo y nos invitó a acompañarle.

—Bienvenidos —dijo.

Estábamos oficialmente invitados por los Hermanos del Silencio.

9

Un gran cartel nos detuvo el paso. En negro y sobre blanco, un gran círculo blanco con un punto en el centro cubría la pared. Había visto aquel símbolo antes. Lo observamos detenidamente. A la izquierda, había una foto de Carl Jung y una cita. Dios es un círculo cuyo centro está en todas partes, cuya circunferencia no está en ninguna, decía. Dudé mucho que Dios estuviera allí. Círculos con un punto en el centro, círculos por todas partes. Un símbolo tan abstracto del que se podían tomar todas las interpretaciones que se quisiera.

—El silencio es el lenguaje que utilizamos para contactar con Dios —dijo Cornelio —. Es preciso perderse para empezar a escuchar.

Nuestro nuevo gurú explicó que el punto central de la circunferencia representaba la penetración de Dios en todo. Para ellos Dios tenía múltiples significados. Era uno de los símbolos prehistóricos más antiguos que existían. Después se preguntó a sí mismo cómo habíamos tardado tanto tiempo en darnos cuenta. Yo asentí fingiendo interés en su charla que no era más que un preámbulo para dar una muestra de su sabiduría de teletienda delante de Blanca. Ella lo escuchaba, absorbida por esa voz hipnótica que poseía, siguiéndole la corriente, adentrándose sin saberlo más y más en el círculo de la penetración.

—¿Cómo nos ayudará todo esto a nosotros? —pregunté—. En nuestra relación.

Los dos me miraron.

Él sonrió.

—Pensamos que el silencio es la nada —dijo —, pero nos equivocamos. Tiene muchas formas dentro de sí. Cuando aprendemos a escucharlo desde nuestro interior, somos capaces de entenderlo. Así es como obtenemos una respuesta, así es como tendrás la tuya…

—Es una forma simple —dije.

Él levantó el dedo índice, advirtiéndome de algo que no supe en ese momento, pero que poco más tarde conocería.

—En la simpleza se encuentra lo más sofisticado —dijo —. No te dejes guiar por lo que ves… No son más que ilusiones… ¿Por qué no nos acompañáis esta tarde a una sesión?

—Suena genial —dijo Blanca.

La conversación había tomado un matiz diferente, cercano. Estaba usando alguna de sus artimañas para llevarnos al terreno que quería y Blanca lo seguía como una culebra despistada. Me quedé observando uno de esos círculos que decían mucho y nada a la vez. Toda la simbología parecía sospechosa. Si bien estaba inspirada en Dios y en la omnipresencia de él, no había que ser muy ávido para darse cuenta de que Cornelio también pretendía jugar a ser omnipresente. Él era el punto en el centro de la circunferencia. De eso se trataba todo. Girado, él era la penetración en nuestra mente, el ojo que todo lo veía, nuestro ojo, y nosotros una proyección extendida de su forma de ver las cosas. Así, también se podía interpretar de otro modo: él era lo que daba vida al círculo, lo que completaba al resto, y sin él, la circunferencia carecía de equilibrio. Mientras yo reflexionaba sobre todas esas cosas, Blanca no perdía el tiempo en demostrar su asombro ante los trucos baratos de ilusionismo que cualquier mentalista de espectáculo de barrio podría haber hecho ante una audiencia alcoholizada.

Las chicas siempre se sentían atraídas por una lectura de manos o de pensamiento, trucos de feria que se basaban en obviedades y lecturas en frío sacadas de la propia información que el sujeto entregaba.

La existencia del ser, de dónde veníamos o quiénes éramos. Siempre se trataba de lo mismo. Blanca se reblandecía como un trocito de queso blanco con mermelada.

Otros miembros fueron apareciendo de la nada. La mayoría eran parejas de mediana edad que desprendían una estela extraña de escepticismo. Relajados y sonrientes, se acercaban a saludar a Cornelio que los invitaba a una de las salas. La falta de tensión entre sus palabras, la sensación de estar sedados para siempre con cantidades ingentes de morfina, lo hacía todo más y más confuso e interesante a la vez. Mi incipiente interés se produjo a raíz de ver a aquellos seres que difícilmente los categorizaría de humanos: ellos tenían un aspecto perdido, incapaz de sobresalir por ningún vértice. Cortes de cabello correctos, ropa formal, voz pausada. Ellas tenían un aspecto similar. No existía la vanidad ni las connotaciones sexuales. No existían las manifestaciones vulgares que todo ser humano posee a la hora de vestir: ausencia de escotes, de faldas subidas más allá de lo regular, de nalgas apretadas o muestras de erotismo. Eran simples sujetos sonrientes dispuestos a ser enculados de nuevo.

—Por aquí —dijo Cornelio y nos llevó hasta el final del pasillo. Una puerta doble, como las salidas de emergencia de los cines antiguos. La entrada a un gimnasio. Era obvio que en el pasado había sido un lugar donde practicar artes marciales. Habían guardado las colchonetas que usarían en su momento como tapiz. Las paredes eran de color blanco, las ventanas estaban tapiadas y una luz cegadora alumbraba el centro, que minutos más tarde sería el lugar de Cornelio. Se cerraron las puertas. Escuché cómo pasaban los cerrojos desde fuera. Tendría que comportarme correctamente para salir de allí como había llegado.

—Tengo el vello de punta —dijo Blanca.

—¿Qué coño dices? —pregunté —. ¿Ves a toda esta gente? Están mermados.

—¿No es excitante? —contestó.

—¿Estás bien?

—Sí —dijo ella —. Simplemente, metida en el papel.

—Está usando sus trucos —dije —. Anda con ojo.

—¿Crees que me he creído el número?

—Lleva cuidado —dije —. No quiero perderte.

—No me va a pasar nada —dijo y sonrió.

Una chica se acercó y nos dio dos túnicas blancas. Eran de lino y anchas.

—Por favor —dijo —. Es para la sesión. El blanco es armonía.

Las agarramos sin rechistar y nos las pusimos. Después caminamos hasta una circunferencia humana que todos habían formado alrededor de un punto. Representábamos la misma circunferencia que había fuera. Observé el local y no existían cámaras de seguridad. Todo lo que sucedía allí, no estaba filmado. Un lugar perfecto para ahogarlos a todos con gas. Se me pasaron varias teorías por la cabeza, pero sin duda me quedé con una: orgías entre todos, cabalgando unos a otros con antifaces y túnicas.

Me pregunté cómo Hidalgo se había metido en aquello. Debía estar enamorado de aquella chica para acabar así, o muy jodido. Lo más interesante de todo es que mostraba explícitamente todos los detalles que una secta o logia poseía: la simbología, el ritual, un informe y una jerarquía. En este caso, se había tomado la simbología de la circunferencia, añadiendo al Sol para darle más fuerza. Partiendo de ese punto, era cuestión de añadir otras simbologías relacionadas con la astrología, las matemáticas, la física, o incluso tomando referencias de otras logias. El pensamiento circular, el inicio y el fin, el yin y el yang, Confucio, el Taoísmo, el todo y la nada.

Blanca comenzaba a formar parte de la nada.

Yo quería pensar que aún lo era todo y que aquello no supondría nada en mi vida. Pero imaginé que fue el clásico pensamiento de un iniciado, porque eso era lo que hacían los iniciados. Los iniciados eran escépticos hasta que alcanzaban la maestría. Lo único que me diferenciaba con cualquiera de los iniciados que se encontraban esparcidos en la historia, era que yo era un anti-héroe, acabado antes de comenzar, sin futuro ni destino, dispuesto a generar inestabilidad sin desearlo, arrastrando el caos a mi alrededor. Eso era yo. Así había sido toda mi vida y aquel lugar era inseguro para todos.

Cornelio apareció con una túnica negra muy apropiada para el momento. Una mujer pelirroja lo acompañó hasta el centro y después se unió al resto. La luz caía sobre él, formando un círculo alrededor de su figura. Se apagaron las luces, todo se volvió oscuro y silencioso. Las túnicas blancas destacaban los cuerpos, ocultando los rostros en la penumbra. Blanca y yo nos miramos. Ella asintió con la cabeza, pidiéndome respeto.

Nos sentamos sobre las rodillas con los dedos del pie hacia abajo. Era una postura oriental, muy propia de la meditación y de la práctica de artes marciales. El dolor se convertiría más tarde en un estado de alerta. Todos colocaron sus manos sobre los muslos. Cornelio saludó. Guardó silencio. Volvió a hablar.

—Hermanos… —arrancó —, hoy tenemos a una pareja de iniciados entre nosotros… Como todos, han llegado hasta aquí a través de la causa… Porque siempre hay una causa y es la que nos trae hasta aquí…

Después nos invitó a respirar. No dijo nuestros nombres, no mencionó nada sobre nuestros problemas. La terapia era aquella, relajarse en círculo. Comenzó una meditación guiada, uno de esos ejercicios que había visto tantas veces en la televisión. Sin embargo, Cornelio tenía un modo único. Un método de inducción apoyando en la parafernalia con la que decoraba su hipnosis.

—Escuchad el silencio... Liberaos de ataduras y escuchad el silencio —decía. Resultaba imposible para mí concentrarse, ¿en qué? ¿Cómo cojones iba a escuchar algo entre la nada? Comencé a ponerme nervioso —: La forma se manifestará en vuestra mente... Tomad su color, su forma y después la analizaremos...

Miré a mi alrededor y vagamente podía ver a Blanca a oscuras, con los ojos cerrados, concentrada en el ejercicio, absolutamente relajada. Parecía un ángel, vestida con aquella túnica blanca y el cabello sobre los hombros, un rostro inocente y suave que recuperaba su niñez y dulzura. Di otro vistazo al resto, permanecían igual, respirando, sumidos en la búsqueda de su forma. Entonces miré a Cornelio, me estaba mirando a mí.

—Un momento hermanos... Parece que hay una perturbación... —dijo clavándome los ojos. La gente despertó del trance bruscamente, como si los hubiesen dejado sin agua. Un grave murmullo se generó en la penumbra. Cornelio en el centro, apuntaba hacía mí, iluminado como el centro todopoderoso —: No es posible encontrar la forma si uno de nosotros, uno de nosotros no cree en esto. Falta la consonancia y no orbitamos en el mismo sentido... ¿Te crees superior? ¿Más inteligente?

La pregunta cayó al vacío.

Guardé silencio. Blanca me miró decepcionada —: Vamos, contesta. Crees que esto es estúpido, ¿verdad?

—No —dije obligado por mi yo interior. No entendí que me estaba pasando. Era otro de sus trucos.

Todos me miraron. Mi voz resonó con fuerza en el lugar.

—Vaya... —dijo Cornelio. Había perdido toda su simpatía inicial —: De verdad, eres libre de marcharte si piensas que esto es absurdo...

—No creo que lo sea —dije —. Simplemente... no es para mí.

—Ajá —contestó —. No es para ti... ¿Qué es para ti?

—Esto... no —contesté —. Hemos venido a solucionar nuestros problemas de pareja. Dudo que este numerito ayude.

Blanca me dio un puñetazo en el brazo.

—Os reconocéis, ¿verdad? —dijo Cornelio dirigiéndose al resto —. Tenemos a un hermano incrédulo. En él, puedo veros a muchos de vosotros. ¿Cómo te llamas?

—Gabriel.

—Hermano Gabriel —dijo. Tenía la atención de todos, allí, con su ridícula túnica negra y bajo la luz del techo —: Ven aquí, vamos.

—¿Cómo?

—No te haré nada —dijo —. Ven.

Todos me miraron. Podían ver sus ojos en la oscuridad, como gatos salvajes en la noche. Miré a Blanca, mi único apoyo, pidiéndome que me entregara.

Caminé hasta él y me acerqué. Con una sonrisa, me recibió y puso dos dedos detrás de mi clavícula. Me miró a los ojos, sonrió y presionó, haciéndome daño, mucho daño. Grité, arrodillándome ante él, perdiendo la fuerza de mi cuerpo, abatido.

—¡Para! —grité —. ¡Me haces daño, joder!

—¡Aguanta! —dijo lleno de energía —. ¡Tienes que encontrar tu silencio!

Nadie hizo nada. Yo me convertía en una bola humana, a sus pies y casi sobre el suelo mientras él apretaba y apretaba con más fuerza.

—¡A-a-a-h!

—¡Vamos, Gabriel! —gritó —. ¡Encuentra tu forma! ¡Dios está en ti! ¡Respíralo! ¡Invítalo con tu silencio! ¡El dolor es ilusorio!

Entonces dejé de gritar y respiré profundamente con el abdomen. Aguanté el dolor, que poco a poco cesó y agarré su brazo, levantándome hasta encontrarme frente a él. Lo miré a los ojos. Cornelio apartó sus dedos suavemente. Dispuesto a golpearle la cara, puso la mano en mi corazón y sonrió de nuevo. Rompió el trance que había en mí y me dio un fuerte abrazo. Lo abracé, lo abracé con fuerza. Me sentí como un niño, nuevo, relajado, humeante como un revolver usado. Todos me miraban y yo los observaba desde el hombro de Cornelio. Algunos querían celebrarlo, lo veía en sus rostros, que se ocultaban en el silencio de los labios sellados. Cornelio me dio varias palmadas en la espalda. Olía a colonia fresca y sentí los golpes vibrantes en mi caja torácica, bajo la luz, pletórico, revitalizado. Después me puso frente a él.

—Gracias —contesté sin saber muy bien por qué. La euforia del momento, allí, siendo el centro de atención.

—No volverás a negarme, ¿entendido? —dijo y se tocó el mentón de nuevo, repitiendo el gesto —. Ahora ve, y únete a los demás.

Volví, aturdido hasta mi sitio. Blanca me sonrió, el hombre extraño que tenía a mi lado también.

—Enhorabuena —dijo el tipo.

Le di las gracias y me giré frente a Cornelio. Puso una mano en alto y la otra palma sobre su rostro. Guardamos silencio por varios minutos, respirando al unísono. La sesión terminó poco después. Salimos de allí por el mismo camino y entonces había unos estantes con libros escritos por Cornelio. Era el merchandising para los iniciados. Trabajo pasivo en casa. Me hice con un libro y un CD de meditaciones guiadas. Debía convertirme en uno de ellos si quería saber quién había limpiado a Hidalgo del mapa. A la salida, esperé a Blanca fumándome un cigarrillo en la puerta. La había dejado en los vestuarios. Cuando terminé, volví al recinto y la vi hablando con Cornelio. No entendí qué tramaba, o si había sucumbido a sus encantos de comunicador de feria. Le estaba prestando demasiado interés y aquello me ponía celoso. La chica me gustaba y aquel cabrón, inocente o no, tenía toda la pinta de ser un sinvergüenza de élite.

Salí y la esperé junto a su moto. Ella llegó varios minutos más tarde.

—¿Por qué has tardado tanto? —pregunté con otro cigarrillo en los labios.

—¿Ahora eres mi padre? —contestó. Tenía los carrillos

enrojecidos —: Cálmate, tío. Tienes que trabajar en tu silencio.

—Vete a la mierda.

—Vámonos a casa —dijo ella —. Tengo algo interesante.

—Yo también —dije —. Deberías tener cuidado.

—Gabriel —dijo mirándome a los ojos —. Ya te he dicho que está todo bajo control.

—Si tú lo dices… —contesté y cogí un casco del maletero.

Arrancó la moto, quitó la pata y desaparecimos de allí.

Al día siguiente supe qué había conseguido.

Blanca tenía una cita con Cornelio y no me lo había dicho.

Enfurecí.

Decidí seguirlos.

Aquel tipo se había metido con la persona equivocada.

*

Días más tarde, regresé a mi apartamento. Vivir con Blanca comenzaba a resultar incómodo. Habíamos perdido contacto tras la sesión en el centro. Comenzó a hablar mucho por teléfono y sospeché que sería Cornelio. Sin embargo, ella no quería darme ningún tipo de explicación. Puede que sobreactuara, que mis celos salieran a relucir sin desearlo. Fuera lo que fuese, cogí mis cosas y tomé un bus hasta mi antigua morada. Todo estaba como lo había dejado después de que ella me salvara el cuello.

Ordené las habitaciones y me deshice de toda la basura que encontré en ellas. Arranqué los pósters, dejando sólo uno de The Exploding Hearts, limpié las viejas pegatinas que había dejado por las paredes, las fotos de mi juventud... Quería convertirme en alguien nuevo. El apartamento parecía una cueva de drogadictos, sucio y apestado. En unas horas me deshice de todo lo que hubo en él, incluso de los viejos muebles de mi tía, que en un momento de lucidez, descubrí que no servían para nada. Al terminar, había más espacio, se respiraba mejor. Cambié la distribución de las cosas, de las habitaciones. Me sentí nuevo, refrescado. Por alguna razón, quise eliminar todo rastro de lo que había pasado. Encontrarme en un lugar aparentemente nuevo, era un modo de eliminar los fantasmas. La vieja caja del CD de Coltrane estaba sobre una encimera, vacía, desolada. La tiré también. Adiós Coltrane, hasta siempre, me dije, te llevaré en el corazón. Encendí un viejo transistor y sintonicé algo de jazz, era todo lo que tenía. Eso me recordó a una lectura de Bukowski, con su radio y la emisora de música clásica. Él reconocía sólo escuchar eso, posiblemente porque sería pobre, más pobre que yo, y ruin, porque una buena cinta de Coltrane no valía tanto.

Me senté junto a la radio y disfruté aquel momento.

Encendí un cigarrillo y me senté en el suelo. Era incómodo, pero quería estar allí, sentir las nalgas heladas, sentir que aún todo era real. Apagué la colilla y fui a la cocina, abrí un botellín de cerveza y me fijé en un viejo bote anti-cucarachas Raid. Un pequeño detalle que me hizo reflexionar sobre algo más que la pasada existencia de insectos en el apartamento. Reflexioné sobre el momento de mi vida, que lo era todo y no era nada. Acontecimientos pasados, presentes y futuros, que con éxito o infortunio en su final, no marcarían un antes o un después para nadie. Reflexioné sobre la tarea de reflexionar, pues habían pasado semanas sin que me parara a pensar en algo, abstraído por toda la mierda molecular y contaminante que me mantenía distraído. No entendí entonces que era la vida ni para qué estábamos hechos, si para vivir en un presente constante o abstraídos con tareas insignificantes que nos mantienen ocupados. Quizá la frase aquella de que la vida era aquello que pasaba mientras hacíamos otras cosas, tuviera razón, y que esas cosas no fueran otras que tareas absurdas que alguien nos ordenaba. La escuela primaria, el instituto, la universidad, el trabajo… La vida era aquello que pasaba mientras recibíamos órdenes de otros que no fuésemos nosotros mismos. Habíamos nacido para ordenar y ser ordenados. Era la única forma de acomodarnos, aceptar la rutina como destino final de las cosas y no rebelarnos ante la desafiante y temerosa presencia del caos. Primero pensé sobre mí, qué hacía allí, por qué lo hacía. Me pregunté por qué quería lo que quería, por qué era Coltrane y no Parker. Me pregunté tantas cosas que tuve que abrir otra botella. Sentí un fuerte golpe de depresión en mi estómago, porque la depresión se podía sentir, era tan ficticia como el amor y tan fuerte a la vez. Habíamos aprendido a validarnos tanto para evitar llegar a tales situaciones. La era de internet estaba acabando lentamente con la reflexión, con la obligación de pensar. Se había convertido en un derecho, y pronto pasaría a ser una pieza de colección. Junto a aquel bote de insecticida Raid, me sentí fuerte y aliviado, buceando en los suburbios de mi mente. La vida era eso que pasaba mientras me bebía una cerveza junto al bote de Raid. De repente, sonreí, borracho y alegre porque todo aquello me estuviera pasando. Estaba loco, loco por vivir, más vivo que nunca, y las ganas de seguir vivo me subieron por el esófago en forma de líquido ácido que escupí en el fregadero. Mierda. Lo hice de nuevo. El momento de reflexión me llevó de nuevo al salón donde se encontraba la pequeña radio y una sinfonía clásica que reconocí. La había escuchado en la escuela, me habían obligado a tocarla con esa flauta de plástico Höfner que no servía para nada. La música en la escuela había sido un fracaso por parte de los alumnos como de los docentes. Ordenar a los niños a aprender música era como forzarles a construir un arca de madera. La flauta de pan era el instrumento con menos significado que el hombre jamás ha podido fabricar. Escuché la melodía y tarareé, pero a diferencia de la música pop industrial, las composiciones clásicas carecían de estribillos. Su finalidad era otra y puede que por eso no gustara a las clases más ignorantes. Me estaba perdiendo en mí mismo, sin miedo a quedarme allí para siempre, cuando sonó el teléfono móvil en otra habitación.

—¿Sí?

—¿Quién coño te crees que eres? —dijo una voz femenina. Parecía enfadada por algo.

—¿Eres tú? —pregunté —. ¿Cómo estás, Clara?

—¿Por qué no fuiste a la casa? —preguntó. Noté cierto nerviosismo en su voz. Escuché a alguien en la calle patear un bote de aluminio. Estaba ebrio, no podía concentrarme. Regresé al salón y apagué la radio —: ¿Por qué no me hiciste caso, Gabriel?

—Un momento… —dije y escuché de nuevo el bote en el exterior, rodando. El golpeo contra la acera, me estaba poniendo nervioso —: ¿Dónde estás? ¿Estás bien?

Yo hacía preguntas aleatorias, aún flotando en mis entrañas. Clara parecía alterada —. Escucha, creo que deberíamos vernos. No me gusta ese Cornelio… ¿Sabes?

—Deshazte de la chica —dijo Clara —. Sólo te traerá problemas.

—¿Quién es él? —pregunté —. ¿Dónde vive?

—Los documentos. Ve al apartamento.

—Estoy harto de que aparezcas así, sin avisar —dije —. Podría estar muerto.

—Periodista barato… —susurró —. Eres un periodista de mierda…

—¿Qué dices?

—Ella no es Estrella —dijo —. Periodista de mala muerte…

—No sé de qué hablas… —contesté —. Loca de mierda.

—Todos los hombres sois unos cretinos —preguntó.

De pronto, el teléfono se cortó, allí, en el silencio. Mis pantalones apretados y yo suspendido en el aire. Regresé al apartamento, a mi yo físico, alejándome de esa voz, de la nada absoluta. Salí del trance, el ruido de la lata cesó.

Estaba aturdido.

El teléfono vibró. No tenía batería. Comprobé la duración de la llamada.

Indicaba 50 minutos, aunque tuve la sensación de que fueron unos diez.

¿Dónde había estado en todo ese tiempo?

*

Unas horas más tarde, Blanca y yo nos encontrábamos en la misma calle que me había citado con Clara. Frente a la cafetería, entonces sólo había una pareja de jóvenes tomando un café, un viejo con camisa a rayas leyendo el periódico y el mismo camarero con bigote. De nada servía lamentarse de haber cogido la llamada.

Miré a Blanca Desastres. Bella, despeinada y atractiva.

El verano le sentaba mejor que a mí.

Ella era todo lo contrario a lo que algún día fui. La vitalidad de sus andares, dispuesta a enfrentarse a los problemas con tal de sacar algo en claro. Yo, un cobarde, un caradura con poco que perder, pero un cobarde. La miré y me señaló el rellano del edificio. Metí la mano en el bolsillo e hice sonar el llavero, mostrándole que yo también estaba allí para lo mismo y no para perder el día.

Cruzamos el portal del bloque de pisos. Una entrada normal, sucia, con suelo de mármol blanco y marcas de goma por las ruedas de las bicicletas.

—Por las escaleras —dijo Blanca —. Odio los ascensores.

No rechisté y tampoco le pregunté si tenía algún problema con los espacios pequeños. Podía ser cualquier cosa. Recuerdo la historia de una chica que fue agredida en un ascensor. Debió pasarlo mal. Desde entonces sólo usaba las escaleras. No le importaba los pisos que tuviera que subir o bajar. Le aliviaba la idea de que siempre podía correr y así estar en guardia. Lo sé porque escribí una historia sobre ella para el diario. Años más tarde, la chica terminó estudios de ingeniería y trabajó en un proyecto sobre escaleras mecánicas en edificios privados.

Hubiese sido más fácil llevar un aparato de descargas eléctricas en el bolso.

Llegamos a la tercera planta y saqué las llaves del bolsillo. Olía a polvo y soledad. La luz del pasillo se había fundido.

Blanca abrió la puerta del ascensor y pulsó todos los botones. Miramos a nuestro alrededor y no vimos nada. Comprobé el llavero, tenía escrito el mismo número que había en la puerta que teníamos delante.

—Debe ser aquí —dije —. ¿Estás segura?

Blanca asintió. Estaba nervioso por el miedo a lo que podía encontrar en el interior y ella excitada por romper con el tedio de la normalidad.

Me sobresaltaron las dudas, deseé retrasar aquel momento al máximo.

La miré por encima, a la nuca y frente a ella. La miré como un padre que mira a su hija preguntándose si se había follado ya a Cornelio, pero yo no era su padre ni sentía compasión ni odio hacia nadie más que a mí. La miré así porque era yo quien quería estar en lugar de ese cabrón.

Alguien había arrancado el precinto policial. Habrían sido ellos, buscando la caja que sólo yo sabía dónde encontrar.

Introduje la llave y giré dos veces. Empujé la puerta y un chorro de luz, procedente del exterior del bloque, entró de golpe. Miré al suelo, era de color rojizo, manchado. El aire tenía un olor extraño, húmedo, metálico.

Resultaba familiar, ¿había estado allí antes?

Imposible.

Al abrir la puerta del todo, supe de dónde procedía.

Un charco de sangre ocupaba el centro de la entrada. El cuerpo de una chica muerta, vestida, con las piernas y los brazos abiertos, yacía en el suelo húmedo.

Miré a Blanca. Quise vomitar allí mismo.

El olor era fuerte e intenso.

Recordé el día de la fábrica.

Blanca no esputó palabra y se adentró en el piso.

—Vamos —dijo —. ¿A qué esperas?

El eco resonó en mis oídos.

*

La piel empalidecida tomaba un tono violeta bajo el contraste de la luz. Una chica rubia con el rostro suave y terso que nunca más volvería a enrojecerse al escuchar un cumplido. Músculos y extremidades, se habían entumecido, enfriado; encharcados de sangre coagulada, envasada al vacío, como la que se encuentra en los hospitales y supermercados. La chica del rostro pálido y el cabello dorado, revoltoso sobre su frente. La chica sin color de ojos porque algún desalmado se los había arrancado. Las cuencas aún frescas, ensangrentadas, poco a poco cicatrizaban formando una costra que cubría la cara. Pese a todo, su sonrisa era todavía dulce, teniendo en cuenta el colágeno que habitaba por los alrededores de sus labios.

Blanca Desastres entró en el apartamento. Crucé la puerta y cerré de un golpe con rapidez para evitar que nadie nos sorprendiera.

Una fuerte presión se apoderó de mi pecho impidiéndome respirar y a la vez, sentía una necesidad abismal de encenderme un cigarrillo y vaciar botellas de alcohol sobre mi garganta. El mundo, la vida, mi existencia. Todo se reducía a un punto ciego en el espacio, minúsculo y sin la más remota importancia mientras contemplaba a esa chica en el suelo. Ella era la proyección de mi final, el de Blanca y el de todos los que pisábamos el suelo. Me aferré a la vida y sentí el miedo a perderla. Podía perder todo menos la existencia. Y de eso se trataba, de una dependencia básica, intrínseca, que desde que nacíamos se había ido cubriendo como una cebolla, rellenando con capas de otras necesidades absurdas, de consumo, de dilemas morales y existenciales. La muerte en sí era un hecho, pero enfrentarla se convertía en un drama para la persona que aún permanecía viva.

Sin embargo, algo no encajaba en aquel encuadre. La chica, vestida, yacía como una acción premeditada, como la de colocar un jarrón en el rincón de la cómoda o un mantener un cuadro en su ángulo. La chica formaba parte de la escena como un mueble de cocina, manteniendo la proporción física con el espacio en el que se encontraba. Me di cuenta de aquello en ese instante cuando vi que su cuerpo había sido colocado por una ayuda externa. Puede que se tratara de dos personas, o quizá más. Era evidente que esperaban mi llegada o la de Clara y la forma en que habían colocado el busto de la joven se trataba de su marca personal.

También me llamó la atención fue su sonrisa. A pesar de que le habían arrancado las cuencas oculares, la chica sonreía. Existen personas que disfrutan con el dolor pero aquello hubiese sido exagerado. Si la chica sonreía aún habiendo perdido sus órganos, probablemente habría sido sedada de algún modo. Me fijé en sus manos, también llenas de sangre seca. La posibilidad de que ella se hubiese lastimado no entraba en mis reflexiones.

Por último, su torso, rajado, perforado. Habían usado un cuchillo de tamaño medio, posiblemente de cocina.

—Vaya hijos de puta —dijo Blanca merodeando alrededor del cadáver —. No tengo palabras.

—Creo que voy a vomitar —dije aguantando las náuseas —. Toma algunas fotos de ella.

Blanca sacó su cámara y disparó ráfagas sobre el cuerpo. Después se detuvo frente a mí.

—¿Estás bien? —preguntó. Asentí aunque me sentía débil. Estaba perdiendo el conocimiento, pero hice fuerza para aguantar. La visión se inundaba de un color oscuro, plagado de espermatozoides eléctricos e imaginarios que se movían como pequeñas motas alrededor de mi campo de visión —: Esto es muy serio, Gabriel.

Fui a la cocina y me puse un vaso de agua del grifo. No podía soportarlo.

—Te dije que te mantuvieras al margen —contesté

ahogado.

—¿Quién es la chica? —preguntó —. ¿La conoces?

Ávido dije que no, sin pensarlo. Había decidido no mirarla demasiado, una vez más y caería como un boxeador.

Blanca insistió, sin darme una explicación, hasta tres veces.

—¿La conocías, Gabriel? —dijo de nuevo —. Contesta, ¿la conocías?

Negué varias veces y cuando me recompuse, di otro sorbo de agua, dejé el vaso en el fregadero y la miré de nuevo.

No quería, claro que no quería.

Gotas de sudor frío se encontraron en mi frente.

—No —dije —. No la conozco.

Pero no era cierto.

Las palabras se amontonaron en la lengua, una encima de otra, como un grupo de bañistas asustados por la presencia de tiburones. Me di media vuelta y guardé mis palabras malditas en lo más profundo de mi corazón, las cerré con llave y tiré la llave al olvido del subconsciente, ese desgraciado lugar que a veces se atascaba, sacando a flote toda la mierda emocional.

Su nombre era Estrella y había dejado de brillar para siempre. La razón por la que le oculté a Blanca nuestra relación, no lo podría explicar con sentido. Éramos dos desconocidos, siempre lo fuimos y era mejor seguir así. Estrella, como su nombre indicaba, era un trueno de mujer, brillante y preciosa como sus ojos, aunque atormentada. No entendí bien qué hacía allí o cómo había llegado hasta aquel final. Estrella buscaba la fama y el reconocimiento profesional. Había trabajado en otros diarios, en televisión. Llevaba dos implantes mamarios de 250 gramos cada uno bajo sus pechos, yo mismo los había tocado, tersos y duros como dos pelotas de playa, Estrella se había convertido en la primera chica con operaciones con la que había estado. Y sí, tuvimos algo, no como yo lo hubiese esperado, pero la historia se escribió una tarde de invierno.

Por aquel entonces yo empezaba en el diario. Me

encargaron cubrir un evento de calzado a las afueras de la ciudad, en un pequeño pueblo de la provincia. Nadie quería ocuparse el sábado y mi vida en aquel entonces no diferenciaba mucho, así que me ofrecí voluntario, cobré las dietas y allí aparecí. Tomé un autobús y después un taxi hasta que llegué a un pequeño hotel que nos ofreció la compañía. Era una villa, algo apartada del pueblo. No había mucho que hacer y tampoco entendía la relación que había con el diario. La mayoría de los periodistas trabajaban para revistas y ediciones digitales especializadas. Reconocí a algunas personalidades políticas. Tanto unos como otros, parecían dejar las rencillas a un lado. Para comer y emborracharse siempre existía una tregua. Di una vuelta por los aledaños y no vi nada interesante. Joven e ingenuo, me di una ducha y me vestí, con mucho que dar y morder, trajeado para pasar desapercibido sin que me confundieran con un reportero cutre y sin gusto. Estrella también era joven, unos años más que yo. Trabajaba en el gabinete de comunicación de la compañía organizadora. No necesité un sentido ultra sensorial para saber cómo había terminado allí. Las miradas del supervisor y uno de los ponentes eran notables.

Nos conocimos en el catering, junto a los canapés. Famélico y aburrido, esperaba a que alguien se bebiera dos copas de más y empezara a dar la información que necesitaba. Era cuestión de tiempo y me iban a pagar lo mismo. Estrella me vio al final de la sala y yo me fijé en sus piernas delgadas y medias de punto oscuras. La blusa abierta y los dos pechos hinchados bajo el brillo de los alógenos.

Del cóctel pasamos a la cena en un restaurante que había en el mismo edificio de la presentación. Por alguna razón, la compañía quería mostrar su poder económico frente a la competencia, o simplemente hacer más obvio que podían enterrarnos con cheques de regalo.

Terminó la función y hubo una fiesta en el mismo comedor, una celebración amenizada por un pinchadiscos sin gusto y una barra repleta de botellas y bebidas que iban a cuenta del anfitrión.

Me crucé de nuevo con Estrella, entonces más borracho y le dije lo bonitas que eran sus piernas. Estaba convencido de que había escuchado aquello millones de veces, pero pensé que era más original que mencionar sus ojos o sus pechos artificiales. Hablamos, sin ir demasiado lejos hasta que, sin preguntas, me dio el número de su habitación. No parecía el tipo de chica fácil con la que uno podía dormir en su primer golpe de suerte, sino todo lo contrario. Entonces di un trago y me giré para ver qué era eso que impedía a Estrella prestarme atención. Yo no tenía intenciones de follar allí con nadie, pero al ver al mismo hombre que le había lanzado miradas de amor, horas antes, lo entendí todo. Su jefe coqueteaba con otra mujer, posiblemente una invitada al acto. Estrella se sentía triste, sin alma e iba a cometer un acto de rebeldía propio de un drama romántico. Se encontraba despechada y en ese momento era yo el que estaba allí, junto a ella, el recurso fácil, pero podría haber sido cualquier otro. El resultado no importaba. Estaba dispuesta a cobrarse las horas extras, las dietas de fin de semana y las cenas en los restaurantes del puerto marítimo. Quería pagarle con la misma moneda para sentirse menos pequeña, sin saber que se lastimaría aún más.

Con delicadeza, agarré sus dedos por debajo de la cintura, lentamente, primero el índice y después el resto. Un gesto suave y moví su barbilla hacía mí.

—Vales mucho —dije sin conocerla —. No te hagas esto.

Estrella terminó de un trago su copa y con una ligera lágrima que descendió hasta su labio superior estirado, acompañé el movimiento de sus nalgas de gimnasio hasta la habitación 75.

El resto es historia. Nos acostamos y salí de allí mientras ella aún dormía. No quería hacerla sentir peor de lo que se sentiría tras cinco combinados de vodka con limón. Ver mi cara al despertar la podía traumatizar. Sin desayuno ni ducha, cogí un taxi que me llevó hasta el pueblo y un autobús de vuelta a la ciudad. Lo siguiente que supe de Estrella fue la incorporación como redactora en una televisión local. Estrella se apagó y resucitó de las cenizas.

Puede que mis palabras la cambiaran para siempre.

Jamás lo supe.

Nunca me llamó para decirme nada.

No tenía mi número. Le di un nombre falso.

Pensó que era un joven empresario, guapo y con dinero, pero no fui más que lo que ella deseó que yo fuera aquella noche.

Cuando la vi en el suelo, pensé que lo había vuelto a hacer, yendo demasiado lejos. Por última vez, Estrella se había apagado para siempre, como la colilla de un cigarro en un antro, consumido, del que no queda más que barra de labios.

*

El reloj comenzó a correr hacia atrás, contando los minutos que faltaban para que me desmayara en aquel apartamento. Con el cadáver de Estrella sobre el suelo, movimos la cama hacia un lado y sacamos la caja que Clara me había indicado. Me temblaban las manos y las piernas. Me estaba haciendo de vientre. Blanca parecía relajada y tranquila, como si el hecho de tener a un fiambre cerca no importara.

Al descubrir la parte inferior de la cama, no encontramos nada. Una losa de mármol parecía estar fuera de su lugar.

—Aquí está —dijo Blanca. Agarró la lámpara de madera que había en la mesa y golpeó su culo contra la losa. La lámpara se rompió.

—Estupendo —dije —. Probemos a moverla con los dedos.

Las hendiduras eran estrechas e incómodas. Me dolían las yemas de los dedos. Hice fuerza pero los cantos se resbalaban.

—¿Qué hacemos? —preguntó Blanca.

Caminé hasta la cocina y vi de nuevo el rostro de Estrella, apagado, con los ojos cerrados y media sonrisa. Deseé que hubiera tenido una muerte digna, dulce, tardía y anodina. Miré bajo el fregadero en busca de un martillo o una herramienta con la que golpear la losa. Sin éxito, abrí los cajones. El corazón hervía como un tubérculo en mi interior. Encontré una llave inglesa en la despensa. No me pregunté qué hacía allí, qué tipo de persona guarda una llave inglesa en la despensa de la comida. Aquel era el piso franco en el que Hidalgo se había quitado la vida, el mismo apartamento en el que él y Clara posiblemente se acostaban juntos. Si la vivienda era alquilada, debería existir un propietario que recibiera los cobros. Me pregunté quién sería y dónde coño se encontraría en aquel momento.

Podía respirar el alma de Hidalgo pululando por las habitaciones, transparente. ¿Me estaba observando? Era allí donde se colgó. ¿Pretendía transmitirme algo? El aire entraba por la ventana de la cocina, que estaba abierta. ¿Quién había abierto la cristalera? ¿Fuiste tú, Antonio? Estaba enloqueciendo.

—Gabriel, ¿qué coño haces? —dijo Blanca desde el otro cuarto.

Si tuve una oportunidad para cambiar los hechos, fue en aquel momento. Pude ir allí y golpearle la cabeza con la llave inglesa, dejándola en el suelo, junto a la otra.

Regresé a la habitación y me agaché.

—Perdona.

—¿Estás bien? —preguntó mirándome a los ojos.

—Sí, ¿por?

—Estás pálido —dijo —. Muy pálido.

—Estoy bien —dije —. Necesito un trago.

Golpeé con todas mis fuerzas la losa. La partí en el segundo impacto. Sacamos las piedras y las tiramos a un lado. Allí estaba la caja. Una de esas bomboneras metálicas de forma rectangular y colores vivos. Resultaba irónico que tanta viveza representara los motivos de la muerte de mi amigo. Ambos la miramos, como en las películas de piratas cuando encontraban un tesoro.

—¿A qué esperas? —dijo Blanca cuando escuchamos temblores en el edificio. Gritos de personas, concretamente hombres. Se escucharon en la escalera, después en el ascensor —: Mierda, date prisa.

Me levanté y caminé hasta la puerta. Escuché los gritos de los vecinos. De pronto, las puertas de la planta en la que nos encontrábamos se abrieron. Los vecinos colindantes al apartamento, salieron al pasillo. Una mujer mayor dio un grito y se metió de nuevo en su casa. En el otro, un hombre vio el cadáver de Estrella, a mi espalda, y después miró a mis pies, manchados de sangre coagulada. El hombre gritó hijo de puta y se desmayó. Se escucharon madres mías y todo pasó tan rápido y a la vez tan lento que

113

no tuve tiempo a reaccionar. Mis extremidades se congelaron y la mente voló a un plano más trascendental, como en una película de Wim Wenders me convertí en un ángel que lo veía todo, incluso a mí mismo, allí plantado como un bonsái en la puerta, inmóvil y entumecido. Aparecieron agentes de la Policía Nacional vestidos de uniforme, agentes jóvenes y morenos con el pelo corto y botas militares negras. Levanté los brazos, porque eran las únicas partes de mi cuerpo que podía mover y obedecí como un animal a sus órdenes. Luego me rodearon cuando vi al oficial Rojo entrar por las escaleras, enfadado y nervioso.

—Lo sabía —dijo —. Te vas a cagar.

Vi a Blanca huir por uno de los apartamentos. ¿Cómo lo había hecho? Habría saltado por los balcones. La vi marcharse mientras los agentes me rodeaban entrando en la vivienda como perros hambrientos. Me esposaron contra la pared y esperé a que un oficial dijera todas esas cosas que se dicen sobre los derechos y las llamadas a los abogados pero guardó silencio y me miró a los ojos como si hubiera pescado un atún enorme. Blanca me dijo adiós y me mostró un sobre blanco que guardó en su chaqueta. Uno de los oficiales disolvió a la muchedumbre de vecinos curiosos que sin pudor alguno me insultaban. Algunos oficiales se estremecieron, dejando caer una lágrima frente al rostro de Estrella. Uno le dijo a otro que llamara a la ambulancia, después lo calmó con el brazo y le explicó que no era necesario. Era la vida pura y real y nadie se acostumbraba a la muerte, ni siquiera la policía. Había que tener un par de pelotas bien puestas para no derrumbarse.

Todo oscureció cuando me encontré gritando entre lágrimas que era inocente, que se equivocaban, que no había hecho nada. Lloré y lloré como un niño enrabiado buscando un abrazo, quizá un abrazo de Blanca, de Clara, de Estrella o de cualquier mujer con olor a perfume dulce y piel suave.

Rojo salió con la caja en una bolsa de plástico. Pusieron

una manta térmica encima del cuerpo de Estrella. Me
dolían los brazos y las muñecas a causa de las esposas. Me
empujaron por detrás, obligándome a bajar las escaleras
hasta meterme en la parte trasera de un coche patrulla,
estrecho y con el asiento de plástico.

Fui consciente de que todo lo que estaba sucediendo era
real: el peligro, la gente muerta, yo. Éramos reales, como
las crónicas que había redactado tantas veces en el diario y
que fácilmente me había tomado la licencia de maquillar.
Me sentí un intruso, un intruso de la verdad. Fui
consciente de que estaba ahogándome en una piscina de
mierda, viendo el fin de mis días entre barrotes de acero y
muros   de   cemento.

10

Siempre existe un momento de reflexión, una pausa. Un instante en el que las imágenes vienen a la mente sin orden racional, como un empleado del cine que se equivoca al colocar los rollos de cinta. Hueles a aceite frito con ajo que cocina tu vecino. Ves el olor entrar por la ventana, lo imaginas. El tipo que fuma en el coche con un cigarrillo entre los dedos, ¿quién coño es?. Esa familia sin gracia que repetía una y otra vez el mismo acento uruguayo sin éxito, sin resultar gracioso, que imitaban a Messi y después a un actor de cine. Recuerdas que les pediste que hablaran más bajo en la cola del aeropuerto. Recuerdas sus ropas, sus cortes de pelo. El hombre sentado en una silla de plástico al sol, con la camisa abierta y el pecho descubierto. El orden irracional de las imágenes no tiene sentido pero estás parado, pensativo, dejando fluir las diapositivas de tu disco duro mental, sin saber por qué, sin quererlo tampoco. Te sientes así cuando esperas en la puerta de un hospital porque no quieres pensar en lo que has visto dentro. Te sientes igual una tarde de julio en el balcón del apartamento de la playa de tus padres. Alguien fuma un cigarrillo y te llega a las fosas nasales. Te sientes así cuando encuentras el cuerpo sin vida de una chica en el suelo, una chica que conocías y con la que te habías acostado al menos una vez. Recuerdas el tacto de su piel suave y lo haces ahora porque ya nunca más volverás a tocar nada igual. Te sientes dolido como si la hubieses matado con tus propias manos y culpable sin saber muy bien por qué, pero culpable por habértela follado. Piensas en ir a su funeral y acercarte a los suyos, darles el pésame y un «lo siento, yo no lo maté pero me acosté con ella», y así entregarles tu arrepentimiento, la sensación de picor en tus costillas. Conversaciones ajenas de la calle, de hombres y mujeres que pasan por debajo de tu ventana y hablan de temas tan versátiles como banales. Escuchas las conversaciones culpándoles a ellos por pasar por allí, sabiendo que tu deseo como entrometido que eres, es el de escucharlas. Comentarios simples, sin cabida en el espacio, ni siquiera transicionales. Escuchas constantemente a personas que hablan de nimiedades, una tras otra, basura verbal, aferrándose al tema principal para no desencadenarse porque en el fondo solo quieren hablar de algo, tener compañía, sentirse útiles dando su opinión, tener algo que decir, a alguien que los escuche para no morir, porque temen el silencio, la soledad, sentirse fuera de la cadena evolutiva. Piensas en ellos, en ti, sintiéndote superior y a la vez desplazado, lamentándote por el mundo, por esperar demasiado, por creer en su ambición, por pensar que todas las personas son iguales así como sus capacidades cognitivas. Piensas que el ser humano continúa en vías de evolución y que al mismo tiempo, el sistema en el que vives funciona demasiado bien para tener a los especímenes que lo completan; que no toda opinión vale, la tuya tampoco, y por eso prefieres callar, que hablar de la televisión debería estar mal visto, que estamos controlados y que los problemas de la vida se reducen al tamaño de un cacahuete. El olor a ajo vuelve a tu mente y enciendes un cigarrillo y las imágenes se suceden, una tras otra. Seleccionas una, la detienes y amplias en tu pantalla frontal visual mientras enfocas tus ojos en la nada, igual que cuando intentas recordar algo. Te dices a ti mismo que hace semanas que no tienes sexo, que el porno te ha nublado la imaginación y que estás metido en un laberinto sin salida, sin sexo, sin porno.

Al salir de mi momento de reflexión, levanté los ojos y me fijé en el color azul de las paredes. Era una sala de interrogatorios. Estaba sentado en una silla frente a una mesa de plástico y una ventana de espejo a mi izquierda. Me miré, tenía un aspecto horrible. Quería fumar, beber, hacer algo, desinhibirme un rato, relajarme, apagar colillas, echarle la culpa a otro.

Me habían metido allí para declarar. No tenía mucho que decir. Me estaba hartando de mentir todo el tiempo.

Rojo entró por la puerta, con rostro tenso y paso firme. Llevaba un bloc en la mano, una carpeta y muchas ganas de partirme la cara. Sentado, me enorgullecí de que aún existieran policías comprometidos con su deber. La sociedad se había convertido en una masa uniforme y mermada. Ningún ciudadano salía a la calle a denunciar un asesinato, a pedir lleno de rabia que colgaran al autor, aunque fuese simplemente puro drama. No existía la compasión más allá de los funerales. A todos nos aterraba la muerte en un plano espiritual, en una cuestión individual y egoísta. A ninguno nos gustaba la idea de morir. Pero esa opinión no se manifestaba cuando en el otro bloque, alguien le pegaba dos tiros a otro alguien hasta convertirlo en nadie.

—Vayamos al grano —dijo Rojo sentándose frente a mí—. Dame un testimonio y me largo.

—Soy inocente —dije.

Rojo dio un fuerte suspiro.

—¿Eso es todo? —dijo.

—Sí —contesté —. ¿Qué quieres que te diga?

El oficial abrió la carpeta. Comenzó a leer un informe en voz alta en el que se anotaban todas las faltas que yo había cometido.

—Sin mencionar todo lo acumulado en este mes —dijo —

. ¿Quieres también que te lo lea?

—No es necesario —dije —. Todo lo que necesitas está en la caja.

—¿Qué caja?

—La caja confiscada —expliqué —. Eso era lo que buscaba.

—¿Qué hay dentro?

—No lo sé —dije.

—¿Y cómo sabes que eso va a cambiar algo?

—Lo sé —contesté —. Confío en quien me lo dijo.

—Esa mujer, ¿verdad? —dijo el policía.

—Abre la caja —dije —. Sepamos que hay, ¿no crees?

—Buen intento —dijo Rojo —. ¿Qué excusa tienes ahora?

—Nos acostamos una vez —dije —. Si preguntas por Estrella.

—Eres un insolente. Deberías estar más nervioso… —dijo el policía levantándose —. Es igual. Estás acabado.

—Ya te lo he dicho —contesté —. No he hecho nada. Me están tendiendo una trampa.

—Lo que sea.

—Todo está en la caja —dije mientras el policía se levantaba. Me miró y sonrió.

Salió y cerró de un golpe.

De nuevo, me comporté como un idiota. No quería mostrar debilidad ante la presencia de Rojo, aunque la realidad era otra muy diferente. Estaba asustado. No era consciente de la magnitud del problema que comenzaba a pesar sobre mi espalda. Me maldije varias veces. Nunca dejaría de ser un cretino.

Minutos más tarde, aparecieron dos oficiales, más robustos, musculados y con el pelo corto.

—Acompáñenos, señor —dijo uno.

—¿A dónde? —pregunté.

—A la suite —dijo el otro.

Los acompañé sin oponerme, crucé el pasillo que tanto odié desde el principio. La gente me miraba de un modo distinto, sub-humano. Entonces, ya no era una persona, nadie sentía pena por mí, ni siquiera misericordia. Era un criminal, daban por hecho de que había cometido un delito y merecía estar donde me encontraba. Bajé unas escaleras hasta los calabozos y me metieron en una celda. Apestaba a orín y amoniaco, a suciedad. El zulo, oscuro y estrecho. Una pequeña ventana daba al exterior. No había cama, no existía la comodidad. Dos plataformas de cemento funcionaban como colchones.

Los policías se burlaron y desaparecieron.

En la celda había un hombre, un chico de mediana edad, con gafas y la cabeza agachada.

Era delgado, vestido con camisa y parecía arrepentido por haber hecho algo. Sin embargo, podía contemplar la frialdad en su mirada.

Me detuve frente a los barrotes, anhelando estar al otro lado. Se trataba de un estado psicológico. La carencia de libertad me obligaba a a apreciarla, a desearla con más fuerza. El desconocido parecía tranquilo, allí sentado, a oscuras.

—Hola —dije —. Mi nombre es Gabriel.

No contestó.

—¿Tienes un cigarrillo? —preguntó.

Entendí que la noche sería larga.

*

Al igual que sucedió en la fábrica de embutidos, minutos después de estar allí, en esa celda, me había acostumbrado a su hedor, húmedo y fuerte. Preferí no pensar y cobijarme en mi fuero interno antes de imaginar quién habría pasado por allí.

—¿Qué has hecho, Gabriel? —preguntó el hombre. No sabía si quería hablar con él.

—Nada —dije —. No he hecho nada.

—Claro —dijo —. Entonces saldrás pronto.

—¿Qué has hecho tú?

El tipo levantó la cabeza.

—Conrado —dijo —. Conrado Desplantes, puedes llamarme así. No es mi verdadera identidad, tengo otros muchos nombres.

Estaba convencido de sus palabras aunque carecieran totalmente de sentido. Era un chalado y posiblemente merecería estar donde estaba.

—Debes tener un nombre real —dije.

—¿Realmente importa? —dijo —. El nombre es un modo de etiquetarme, de clasificarme en tu mente. Es una forma de dirigirte a mí y que yo reconozca que estás haciéndolo.

—Como quieras —dije.

—Me acusan de haber matado a un hombre —dijo él —, pero no pueden probar nada.

—¿Y lo has hecho?

—¿Qué importa eso? —dijo.

—Me das a entender que sí —dije —. De lo contrario…

—Mi intención es otra —contestó Conrado —. Puedo sentir el temor saliendo por tus poros. Me estás juzgando, ¿verdad?

—No —dije nervioso —. No me asustas.

—¿A qué te dedicas? —preguntó —. De algo tendremos que hablar.

—Soy periodista —dije —. O lo era. Ahora no estoy seguro...

—Vaya —contestó —. Yo también lo soy, académicamente hablando. Jamás ejercí la profesión. ¿Te gustan los libros, Gabriel?

—Sí, claro —contesté y quité tensión a mi cuerpo. La conversación tomaba otro matiz y comenzaba a cansarme estar de pie. Saqué un paquete arrugado de mi bolsillo y le ofrecí uno de los dos últimos cigarrillos al hombre. Los encendimos y tiré la primera bocanada al aire —: También escribo.

—¿Ficción?

—Sí —dije —. Estoy terminando una novela. Es complicado.

—No, no lo es —dijo serio, fumando hacia el frente.

—¿Tú qué sabes? —pregunté ofendido. Siempre me enervaban todos esos comentarios gratuitos dispensados como píldoras de ácido directas al estómago. Me hartaba que la gente criticase la dificultad de un proceso sin tacto o juicio, simplemente por ser una actividad que difícilmente podría generar beneficios económicos —: Escribir es un arte.

—Cállate, ¿quieres? —dijo el tipo. Estuve a punto de darle un revés en la cara —: Yo he escrito cinco libros. Algo sé.

—¿Cinco?

—Cinco.

—No me suena tu cara —dije con desprecio. Era su turno, el turno para ser acribillado.

—Nadie lee mis obras —contestó muy serio —. Las quemo cuando las termino. Así es.

—¿Qué sentido tiene si nadie te puede leer? —pregunté. Maldito chalado —: ¿Para qué escribes entonces?

—No necesito a nadie para leer mis libros —dijo convencido —. Escribo para mí. No me gusta la estructura. Me dirían que no son buenas. Mis historias carecen de personajes centrales, de trama. La vida es así, ¿no? Es una historia sin trama, en la mayoría de veces.

Pero nosotros queremos un principio y un final. Somos mierda, queremos que nos lo den todo mascado ya. Mis libros no serían grandes ventas. La gente no desea leerme, no. Lo sé. La literatura no es otra cosa que un entretenimiento más, para pobres, para sólo unos pocos. Casi todo el mundo tiene la capacidad de leer. Eso la empobrece. Y las mentes pobres no buscan la reflexión. Vivimos en la cultura de la gente que se supera, el ejemplo del ejemplo de otros. No quiero historias de superación personal. No. A mí no me gusta eso. Me gustan las historias que terminan mal, o que no terminan. Los matrimonios apagados que se quedan estancados para siempre. Esa gente cobarde que no da un paso adelante. En mis historias no hay héroes, hay gente. A veces, ni siquiera eso. Son mis historias, mis viajes y no quiero compartirlas con nadie. Si tienes la mente puesta en el objetivo económico de tu historia, eres un jodido farsante, porque no hay historia, ni autenticidad, sólo billetes que nunca llegarán. Eres patético, eso es lo que eres, joder. El proceso de la escritura es otro, es viajar, es volar con tu mente, un sueño eterno. Yo quiero volar. Yo quiero ir al cine y ver mi propia película, sentarme solo en una sala y poner los pies sobre la butaca de la fila siguiente. Quiero ver a gente fornicando, haciéndolo como yo diga. Quiero ser el director y matarlos a todos con detalle, del modo más doloroso. De eso se trata. De mi placer, no del placer de otros. Quiero escuchar el crujir de las palomitas en mis muelas. Eso soy yo, y no quiero compartirlo con nadie. Si escribes para satisfacer a otros, aparecer en los diarios y vender muchos libros, eres una pose, eres un escritor de fama. Te conviertes en un fantasma. No me gusta la fama. Cometo demasiadas atrocidades.

—Tienes una visión peculiar —dije. Fui honesto. Aquel tipo tenía razón. Si bien no estaría muy cuerdo, sus palabras daban un margen a la literatura que no había contemplado. Lamentablemente, no funcionaría. El arte de contar historias era otro y lo suyo no eran más que divagaciones con excusas. Su dialéctica me hizo olvidar por completo que era un presunto criminal. Pero yo también lo era. Nos encontrábamos en condiciones similares.

—¿Tienes otro cigarrillo? —dijo. Se había terminado el anterior. Tiró la colilla y la aplastó contra el suelo —: Es la primera vez que fumo. ¿Algo de alcohol?

—Eres un tipo extraño —dije —. No tengo nada más.

—Vaya —contestó —. ¿Mataste a la chica?

—No —dije —. Ya te he dicho que no. ¿Qué sabes tú?

—Tienes aspecto de matar a una mujer más que a un hombre —dijo —. Es una verdad objetiva.

—Todas las verdades son objetivas, ¿no crees?

—No —dijo y se recostó hacia atrás —. Una verdad es una verdad. La única diferencia es que una objetiva, lo es para dos personas.

—Me estás cabreando —dije —. Eso también es objetivo.

—Vete a dormir, ¿quieres? —dijo, se quitó las gafas y las puso a los pies del colchón de piedra —: Si intentas algo, te ahogaré con mis manos.

—Piérdete.

—Eres un buen tipo, Gabriel —dijo —. Buenas noches.

Me tumbé en el colchón de piedra y apoyé mi nuca en él. Era incómodo, como dormir en el suelo y complicado encontrar un punto de apoyo. La noche refrescaba y la brisa helada se adentraba por la pequeña ventana que había en lo alto de la pared. Agotado, caí en un sueño denso y reparador, cerrando los párpados sin darme cuenta, olvidando todo lo que me rodeaba.

Perdido en una nebulosa de colores, desperté confundido por los colores astrales y las imágenes oníricas que aún perduraban en mi retina. Un sonido metálico golpeando contra los barrotes, me alertó como una alarma de reloj. Un cerrojo se desbloqueó. Abrí los ojos, miré al otro rincón de la habitación, pero no vi a nadie. Conrado Desplantes no estaba, se había largado. Me pregunté si lo habría soñado, pero no supe qué responder a eso.

—Gabriel Caballero —dijo una voz masculina. Era un

oficial de guardia. Abrió la puerta de la celda.

—¿Qué sucede? —pregunté confundido.

—Coge tus cosas —dijo el oficial —. Alguien ha pagado tu fianza.

Me levanté y salí de allí.

Pensé que mis padres habrían pagado para sacarme de aquel zulo. Me sentí tan avergonzado de que se hubieran enterado que no quería abandonar el pasillo. Caminé pensando en una respuesta hasta que salí a la planta superior de la comisaría. No era mi familia quien me esperaba sino una mujer. Tenía el pelo oscuro, largo y una figura muy sensual para pasar los cuarenta. O eso creí yo. Carmín en los labios y un vestido negro de verano por el que se podía ver el tamaño de sus pechos y la longitud de sus piernas bronceadas. Al salir, se acercó a mí. Una ráfaga de perfume fresco avivó mis sentidos.

—Hola Gabriel —dijo ella con un tono de voz suave y relajado —. Mi nombre es Violeta.

Era puro morbo, salvaje y femenina. Me había tocado la lotería.

—El placer es mío —dije con un aspecto andrajoso —. ¿Quién eres?

—Tendremos tiempo para hablar —dijo ella —, después de una ducha. Confía en mí.

—Lo siento —dije —. Tendrás que hacerlo mejor.

—Tú decides —contestó un poco molesta —. Tienes dos opciones.

Suspiré y guardé silencio.

—Aquí, siempre puedo volver.

—Debes acompañarme —añadió.

—Sí, claro —dije —. Supongo que todo tendrá una explicación… ¿Verdad?

—Supongamos que sí —dijo ella —. Ahora, marchémonos.

Salimos de la comisaría de policía. Todos los hombres se fijaron en ella, que llamaba la atención por el movimiento de sus piernas, el ruido de los tacones y un tanga fino que marcaba al mover los glúteos.

A la salida nos esperaba un taxi Mercedes. Era de noche, la ciudad alumbrada por las luces del puerto y el casino. Tenía la sensación de haber estado encerrado varias semanas. Todo era tan confuso que no pude hacer más que disfrutar el paisaje contaminado por los faros rojos de los coches, la sombra de los barcos, la humedad sobre mi piel y el aire con olor a mar y no a orín reseco.

—¿Te gusta navegar? —preguntó la mujer sentada a mi lado.

Miré al puerto, la inmensidad del Mediterráneo. Pensé por un instante que aquello no terminaría bien. Sólo quería estar en mi cama, despertar y creer que había sido un sueño. Después el pensamiento se desvaneció y regresé al coche.

Esa mujer proponía algo entre líneas.

Mi único deseó era pegar un trago, o un polvo.

—¿Bromeas? —contesté —. Adoro el agua.

Y sin más demora, el coche arrancó en dirección al mar.

11

El chófer condujo hacia el sur, dejando de nuevo, la ciudad atrás. En el interior sonaba la radio. Era un programa nocturno de jazz que ponían en Radio Nacional. Miré al otro asiento y vi a Violeta entre sombras, con la mirada al frente y relajada. No parecía que tuviera muchas ganas de hablar y yo tampoco quería forzarla a que lo hiciera. Bajo las estrellas, dejamos a un lado a las prostitutas que se ponían en la carretera, San Gabriel y el castillo de Santa Bárbara que se veía a lo lejos encima de la montaña. El conductor tomó la carretera nacional hasta que llegamos a un desvío. Recordé aquel momento, cómo lo podía olvidar. La mañana en la que comenzó todo, yo tomaba esa misma carretera. Por el contrario, el coche se introdujo en el carril de la izquierda bajo un cartel que decía Santa Pola y las notas musicales de Coltrane que me acompañaron aquel día se fueron con los fantasmas de la noche. Ay, ay, pensé. Un escalofrío me recorrió el cuerpo. Lo había perdido todo: el rumbo, el empleo, las ganas de levantarme, pero aún no habían logrado acabar conmigo. Recapitulando, estaba allí por casualidad, una de muchas, una detrás de otra. Yo era la consecuencia de una carambola mal pegada. Ocupaba el asiento del coche que olía a tapicería nueva, pero no estaba seguro que fuese mi culo el que tenía que calentar aquello, sino el de otro. ¿Qué habría pasado si esa mañana calurosa, días atrás, hubiese cogido otra persona la llamada? ¿Qué habría pasado si el gordo de Hidalgo se hubiese tirado en picado en soledad? Preguntas, preguntas sin respuesta. La mente es un artefacto maligno que nos sabotea con preguntas para infundirnos más miedo. Las preguntas no servían de nada sin una respuesta detrás. Yo no tenía las respuestas. Yo hacía las preguntas como buen reportero que era. Las personas nos empecinamos en formular las preguntas incorrectas, teorizando, buscando planos alternativos en los que nos encontremos sanos y salvos por miedo a enfrentar el presente, lo único real que existe.

Pedí al conductor que subiera la radio y eché mi cuerpo hacia atrás, relajando el cuerpo.

La carretera era silenciosa, oscura. Apenas había tráfico y sólo se veían los faros nocturnos de los coches, los pilotos rojos, moviéndose como centinelas en el averno de la oscuridad. Al cabo de un rato, supe que estábamos cambiando de destino. Llegamos a Santa Pola, un tradicional pueblo pesquero que desde los 60 se había convertido en destino turístico. Ya no quedaba nada de esa época, producto de una dictadura de clase media vulgar e inacabada. Los que allí vivían, vieron el tirón del turismo internacional y las compañías de bajo coste junto a las empresas hoteleras, llenaron las calles de franceses en chanclas y bañador, noruegos enrojecidos, ingleses borrachos a media tarde y centroeuropeos. Aquello le daba color aunque le quitaba pureza. A medida que entramos en las calles cercanas al mar, la humedad se coló por nuestros poros. El coche se metió en un aparcamiento que había junto al Club Náutico. Un paseo acordonaba la zona peatonal con bares en fila, atestados de gente bebiendo cerveza y comiendo tapas elaboradas de pescado. Vi a todos esos transeúntes, sentados en sus sofás aguantando una copa, a los otros bebiendo cervezas en mesas de madera. Después de haber pasado por el calabozo, lo único que quería era morir allí, ahogarme en burbujas y alcohol frente a las patas de un calamar frito.

El coche se detuvo.

—Es aquí —dijo Violeta, que se dignó entonces a abrir la boca —. Vamos.

El conductor le abrió la puerta a la mujer y yo le indiqué que no hacía falta que lo hiciera conmigo. El calor me hizo sudar, empapar mi ropa. El taconeo de las piernas de Violeta nos llevó a cruzar una puerta metálica hasta una lancha motorizada.

—¿Ahí? —dije, pero nadie me contestó. Primero fue el hombre y después le ofreció su mano a la mujer. Con elegancia, subieron a la embarcación. Después me ofreció la mano a mí. Arrancó el motor trasero, me impregné del olor a combustible que abrazaba la zona y abandonamos el puerto entre el choque de las olas. Poco a poco, el puerto se quedaba atrás y nos encontrábamos más y más lejos en medio de la oscuridad absoluta.

—¿Adónde vamos? —pregunté. Consideré apropiado comenzar con las preguntas, pero el ruido del motor y el viento en contra dificultaba la comunicación —: ¿Quiénes sois?

La mujer me miró, se acercó a mí, tocó mi mejilla con su mano y después me dio un beso en los labios. Yo le correspondí y como la marea, entrelazamos las lenguas en un ligero río de saliva. Después se separó. Olía tremendamente bien, a pesar de la humedad y el olor a gasolina. Nos miramos de nuevo. Sentí un cosquilleo que no era ni amor ni hambre ni ganas de enredarme con ella en una noche de sexo. Puso el dedo índice en sus labios invitándome a guardar silencio y después acarició mis dedos. Me había engatusado por completo. Después se separó. Miré su vestido, casi abierto por el aire. Cubrió sus piernas y sus nalgas y volvió a sentarse. No volví a preguntar nada más, entre la oscuridad, y me senté de nuevo en la lancha de color blanco. El hombre llevaba una gorra de capitán y no parecía haberse enterado de nada, o si lo había hecho, posiblemente no le importara en absoluto. Así que entendí que no tenían nada, que ella mandaba sobre él, y sobre mí también, porque eso era lo que deseaba, lo supe en un primer momento cuando la vi y lo entendí allí en medio del Mediterráneo, pero no me importaba, porque estaba harto de ir a contracorriente, en picado como las olas, rompiendo con lo establecido y quedándome sin fuerza. Y así como los besos se posaron en mis estómago, vi la luz de una isla que alumbraba a su alrededor. Era la isla de Tabarca, una ínsula de corsarios y pescadores, entonces convertida en destino turístico local.

El puerto descansaba y unas luces alumbraban el muelle cuando el hombre cambió de dirección y nos llevó a las orillas de una playa de roca, piedras y algas secas. El ruido del motor cesó.

Habíamos llegado.

*

Al abandonar la cala, subimos unas escaleras de piedra y nos adentramos directos a las calles del pueblo. Gatos nocturnos dormían en las puertas de las casas, viviendas que mantenían el aspecto típico de las fachadas valencianas de persiana y ventana de reja. Estaba oscuro, la calle sin asfaltar y sólo se escuchaba el romper de las olas contra las rocas. Caminamos siguiendo la estela de las poca iluminación urbana hasta una plaza. Era bello. Al final, la luna bañaba de luz el mar.

—Por aquí —dijo la mujer mientras saboreaba el momento.

Continuamos hasta una callejuela. Vi la vieja iglesia, miré al campanario y le pedí a Dios que me protegiera.

Levanté la persiana de una vivienda y entré en el interior. Un estrecho pasillo invitaba a un salón escueto pero cuidado y unas escaleras subían a la planta superior. Entendí que arriba se encontrarían los dormitorios y el baño. En el salón también se encontraba la cocina y un viejo fregadero de piedra. En la mesa del salón había una vela que el chófer no tardó en encender, y dos copas de vino limpias junto a una botella.

—Arriba tienes toallas y ropa limpia —dijo la mujer como si me conociera del pasado —. Ponte cómodo, date una ducha. La necesitas.

Sin rechistar, subí a la planta superior. Había un baño, un dormitorio y una pequeña habitación con forma de estudio. Me pregunté de quién serían las prendas, pues eran de hombre con constitución parecida a la mía y algo más de estilo y bolsillo. No me disgustó la idea de ponérmelas. Me duché, engominé el cabello hacia atrás con un poco de gel que encontré en el lavabo y me puse una camisa azul cielo de algodón y unos pantalones vaqueros. Subí un poco las mangas. Después me afeité con una cuchilla y espuma. Era obvio que Violeta no vivía sola o que la casa pertenecía a otra persona y ella la usaba a escondidas. En ocasiones como esa, mejor no preguntar siempre y cuando uno no tenga la sensación de encontrarse en peligro. La ausencia de fotografías me hizo sospechar. Ni siquiera tenía cuadros colgados, un detalle muy femenino y que da calidez a las habitaciones. Tras la ducha, sentí mi cuerpo agotado. Estaba limpio, pero hastiado. Llevaba más de dos días sin apenas dormir y una semana bajo la tensión de lo sucedido. Me aliviaba saber en qué punto de la historia me encontraba porque significaba que aún me quedaba algo de cordura. Resultaba difícil llevar un orden de los acontecimientos. A partir de 48 horas bajo estrés, todo se vuelve difuso y gris, y la imaginación confunde lo real con lo imaginado. Me senté en la cama, un colchón de matrimonio y abrí la ventana. Busqué un cigarrillo en los cajones, pero no encontré más que lencería femenina y bisutería cara.

Bajé las escaleras y allí se encontraba Violeta, que parecía haberse dado una empolvada facial y su maquillaje relucía con brillo y ternura. La vi de otro modo, desde arriba, perdiéndome en su escote infinito, en las curvas de sus pechos y sus caderas. Qué mujer y qué bien se conservaba. La razón del color de su piel era el moreno natural del verano. Los labios carmín, entonces más fuerte que nunca, se movieron hacia mí.

—Pensé que te habías dormido —dijo mostrando los dientes color perla. El hombre, había desaparecido. Quizá estuviera fuera. Qué importaba. Lo cierto era que gozábamos de intimidad por el momento. Asentí con un gesto y la mujer sacó una bandeja de canapés, queso curado, mojama y pan tostado.

Todo parecía laboriosamente calculado. Mi presencia no era una casualidad y la suya, menos todavía. Antes de servir el vino, miré al estante, junto a una caña de pescar de decoración. Vi una botella de Jack Daniels y señalé con el dedo. No era un alcohólico, sino un bebedor. La diferencia entre ambos distaba en que nunca me embravecía por la ausencia de licor y también en que conocía mis puntos débiles. El vino me adormecería en tal estado mientras que el whisky no lo suficiente. Un bebedor siempre sabe lo que quiere. Tenía que estar alerta, el momento de preguntas había llegado.

—Mejor esa botella —dije señalando —. Soy un hombre de costumbres.

La mujer, sorprendida, no opuso resistencia y fue a buscar hielo. Destapé la botella, ella regresó con dos cubitos y los puso en el vaso. Después rocié un chorro de líquido y brindamos. Nos miramos, mantuvimos las cuencas cruzadas como si se tratara de un duelo.

—Siéntate —dijo señalando a un sofá. Ella se colocó a mi lado con las piernas cruzadas —: Sé que tienes muchas preguntas… Yo en tu lugar pensaría lo mismo.

—Ahórrate el discurso, ¿quieres? —interrumpí —. Una vez más… ¿Qué está pasando?

Ella dio otro trago.

—Gabriel, tú eres un chico listo —dijo —. No sé cómo has acabado metido en todo esto… pero lo único que trasciende es el presente, y debemos hacer algo.

—Lo primero de todo —dije —, es que no he hecho nada.

—Digamos que nos ayudaremos —dijo ella —, mutuamente.

—¿Ayudaremos?

—Tú quieres salvar a esa chica —contestó —. Blanca, se llama así, ¿cierto?

—Sí… —dije —. ¿Está en peligro?

—Sí —contestó —. Aún estás a tiempo de salvarla para que no termine como la otra.

—¿Estrella? —pregunté.

—Puede ser —dijo Violeta —. Qué importa.

—¿Cómo sabes tú todo esto? —pregunté. Comencé a irritarme.

—Porque soy… —dijo y dio otro trago —. Soy la mujer de Cornelio.

—¿Fue él? —pregunté —. Menudo hijo de puta…

—No estoy del todo segura… —dijo ella. Su voz parecía quebrada —. Sólo se que se acostaba con ella… Bueno… no sólo con ella… Con todas.

—Un momento… —añadí. El estómago se incendió como un bosque seco en verano —: Tienes que denunciar esto. Tienes que hacerlo, a la policía, a la prensa. Yo mismo escribiré un artículo.

—No —dijo ella —. No puedo. Nadie me creerá.

—Tienes pruebas —dije —. Demuéstralo.

—No las tengo —contestó sin ánimo —. Nadie las tiene.

—La policía tiene una caja —dije —. Estaba en el apartamento de Hidalgo. Esa chica, Clara. Ella me la dio.

De pronto, la mirada de Violeta se iluminó. Pareció que había tocado su interruptor.

—¿Qué hay en la caja? —preguntó.

—No lo sé —dije —. No tuve tiempo a ver su interior. ¿De qué conoces a Clara?

—Tiene suerte de seguir con vida —dijo la mujer y se puso más vino.

—¿Cómo es que la policía no sabe nada?

—Escucha, Gabriel —dijo con voz firme. El carmín se encontraba en el borde de la copa. Violeta parecía afectada por el alcohol —: Los Hermanos del Silencio son una secta, una organización de control mental y Cornelio es el mandamás. Es su proyecto, su vida y está por encima de todo, de todos, incluso de él. Todos harán lo que él diga, siempre es así… Tiene el respaldo de los bancos, de las escuelas, de la justicia… Pensó que podía controlarlo todo, incluso a mí.

—Cuéntame más… —dije.

—No hay mucho que decir —contestó —. En un lugar tan pequeño, es fácil hacer contactos y formar alianzas. Cornelio tiene poder de convicción, domina el arte de la hipnosis y las técnicas de control mental. Las sesiones de terapia no son más que un lavado de cerebro rápido para convertirlos en esclavos sexuales… Apenas hay hombres y los que hay, son personas relevantes… Ellos eligen a las muchachas para acostarse con ellas mientras se encuentran en trance…

—Las fuerzan, querrás decir —dije —. Las personas en trance no hacen nada que no deseen en vigilia…

—Estas chicas no necesitan estar hipnotizadas… —contestó —. Algunas lo hacen por escalar socialmente y otras tienen la realidad distorsionada por completo.

—¿Y tú? —dije y puse el vaso sobre la mesa. La mujer levantó la mirada —: ¿Por qué estás casada con él?

Rellenó una vez más el vaso con vino de la botella y dio un largo trago. Tenía aguante a pesar de su delgadez.

—Es difícil de creer, lo sé… —explicó —. Cornelio y yo nos casamos en una relación abierta… ya sabes…

—No —dije —. No sé. Explícate.

—Hace veinte años —dijo —, antes de que todo existiera, que compráramos esta casa, que nada de esto hubiera sucedido, Cornelio me habló de los intercambios, del sexo con otras personas… Yo no estaba muy segura, no tenía mucha experiencia… Él siempre lo negó, pero sus sesiones de meditación conmigo era sesiones de hipnosis…

—Cambió tu realidad —dije.

—Yo pedí que la cambiara —contestó —. Fue mi error y me convencí de que aquello sería positivo para nuestra relación. A pesar de todo, seguía más enamorada que nunca. Él creó un sentimiento fuerte de pérdida cada vez que llegaba al coito con un desconocido, y eso me arrastraba a él… Al final, siempre sentía que le debía algo, que estaba en deuda con él.

—Pensó en convertirlo en un negocio —dije.

—Sí —continuó —. Me prometió que nunca me lastimaría porque su amor sería mío. Y así fue durante mucho tiempo. Ambos tuvimos relaciones con otros miembros de los Hermanos del Silencio. Las orgías cada vez eran más grandes, pero nunca pensó en las consecuencias, jamás pensó en lo que nos estaba convirtiendo…

—¿Qué pasó? —pregunté.

—Tendrás que ir a una de sus sesiones —dijo —. Tendrás que verlo con tus propios ojos, Gabriel.

A pesar de sus palabras, no parecía entristecida ni débil, sino todo lo contrario. Se acercó a mí en un movimiento rápido. Sabía a lo que se refería. Se había convertido en una vampiresa del amor y estaba dispuesta a chuparme hasta la sangre. Dejó la copa, acarició mi entrepierna que entonces se alzaba como una bandera, nos besamos y nuestras manos alcanzaron los cuerpos. Toqué sus pechos por el interior de su vestido, sus piernas. Ella sacó mi pene fuera del exterior y se amarró a él, lamiéndolo sin parar hasta hacerme daño. La desnudé. Impresionaba más que vestida, le di la vuelta y comencé a follármela allí mismo, tirando la mesa al suelo, empotrada contra la columna.

—¡Dámelo todo, Gabriel! —decía entre gemidos —. Vamos, fóllame.

Y así hice, más y más. El alcohol retardó mi placer, así que continué desde atrás, chocando contra sus nalgas con mis muslos. Esa mujer lo tenía todo y se moría por echar un polvo allí.

Subimos las escaleras ya desnudos. Agarré la botella y la llevé conmigo. Violeta sacaba la cabeza por la ventana mientras yo relinchaba como un caballo desbocado. Las siguiente hora, fue más de lo mismo. Entonces caí redondo sobre la cama junto a ella, con los cuerpos sudados y abrazados. Me derrumbé agotado, con los músculos apretados y el pené flácido pero dolorido.

—Descansa… —dijo Violeta —. Amor vincit omnia…

—¿Eh? —dije adormilado con los ojos entrecerrados. Vi el rostro de Violeta, su mano, que acariciaba mi pelo. El tono era grave, casi tan profundo como el de Clara cuando hablaba por teléfono.

Todo se volvió oscuro.

—Descansa… —susurró —. Relájate… Duerme… Ahora.

*

Cuando desperté, los rayos del sol entraban por la ventana abierta. Sentí el dolor de la resaca, el peso de un perro muerto sobre mi cabeza. Demasiado lento, demasiados colores. Respiré y me incorporé mareado, nauseabundo.

Había amanecido, debía ser mediodía y no había ni rastro de Violeta. Estaba casi desnudo si no fuera por unos calzoncillos de tela que había cogido prestados. Caminé hasta el baño y aprecié el rastro a perfume de la mujer. La casa vacía. Posiblemente, Violeta habría salido a comprar el desayuno.

Bajé las escaleras cuando me encontré de nuevo con ese hombre.

—Buenos días —dijo vestido con una guayabera blanca con flores y unos pantalones cortos de color caqui —. La señorita se ha marchado, si es a quien busca.

—¿A dónde? —pregunté —. ¿Cómo que se ha marchado?

—Ha abandonado la isla esta mañana —explicó —, a primera hora.

—¿Qué hago?

—Lo llevaré de vuelta a la ciudad —dijo el hombre. Parecía tranquilo, como un lobo viejo, acostumbrado a tirar de otros, sabio y desconfiado a la vez —: Me dejó algo para usted.

El hombre sacó un sobre de papel del bolsillo de su camisa. Era un sobre de color amarillo. En el interior había una nota.

Lo tomé y lo abrí. Estaba escrita a mano.

Era Violeta disculpándose.

—Aquí no dice nada —contesté.

—Mire el reverso —dijo y salió de nuevo a la calle —. Avíseme cuando esté listo. Estaré por aquí.

Di la vuelta al papel.

No entendí nada y preguntarle a aquel hombre misterioso

no resolvería mis dudas. Violeta me pidió que detuviera a Cornelio. Cuando leí su nombre, crecieron las raíces de mi odio hacia aquel hijo de perra. Quise agarrar su cráneo como si fuera una pelota de rugby, partirlo en dos como a un melón maduro. Lo imaginé a él y a mí, solos en una habitación. ¿Qué me estaba pasando? Yo no solía ser agresivo, sin embargo, su imagen clavada en mi sien, manteniendo las distancias, ocultando al lobo bajo la piel de cordero. Su problema era yo y pronto iba a cobrar, a recibir un cheque de los grandes. ¿Quién era él? ¿Y quién era yo? Maldita sea, deseé sacarle los ojos con mis propios dedos, apretándole las cuencas hacia dentro con mis pulgares hasta verlas reventar. Eso es lo que quería, y después, cortarle el cuello con una sierra. Era un maltratador, un abusador físico y psicológico de las mujeres, de las personas en general. Merecía morir, merecía ser golpeado como un villano, morir en la quema. Estaba tomándoles el pelo a todos, a todos menos a mí, porque le iba a dar una buena paliza, lo iba a trinchar como a un jodido tomate antes de que le pusiera las manos encima a Blanca. ¡Oh! ¡Pobre Blanca Desastres! Jamás me lo perdonaría. Pero la joven debía estar tranquila, yo era su héroe, su vengador.

Abrí un cajón de la cómoda y saqué un puñal. Lo puse en mi cintura. Justo lo que necesitaba. Un momento, ¿cómo sabía que se encontraba allí? ¿Había visitado aquel lugar antes? No, imposible. Fue un deja-vu, un error mental. Esas cosas suceden, no tienen explicación, no significan nada. Había leído sobre ello, me pasaba a menudo. Eso me llevó a plantearme todos mis traumas. ¿Eran también un deja-vu? ¿Por qué no? Puede que todos los anteriores fuesen ilusiones que jamás había experimentado. Puede que fuesen convicciones, tan sólo eso, y nada más.

Preparé café, me limpié el sudor de la frente con una toalla y caminé hasta la puerta. Encontré algo de pan que tosté y que poco más tarde aplasté contra un tomate abierto.

—Estoy listo —dije saliendo a la calle. Varios turistas de

pelo rubio y con un niño pequeño me miraron. El pueblo estaba tranquilo. Era julio, un día laboral sin demasiado tráfico. Pronto, calmado. No había tiempo. Las hordas de paletos con sombrillas estaban al caer. Era el momento adecuado para abandonar aquel lugar.

El hombre misterioso salió de la nada, de una esquina en la que probablemente vigilaría o en la que se fumaría un cigarrillo a escondidas.

—Sígueme —dijo cerrando de un portazo y pasando el candado.

Cambiamos la ruta y recorrimos la isla bajo el calor infernal, un sol despiadado y hombres semidesnudos acompañados de sus familias. Las gaviotas sobrevolaban los barcos de la isla en busca de un bocado mientras que los niños tiraban trozos de pan para llamar a los peces.

Pasamos el pueblo y fuimos en dirección al faro. Subimos una montaña. Una valla metálica corroída por el óxido yacía sobre el suelo. El sudor corría por mi cuerpo. El hombre parecía tranquilo, entre la maleza, sabiendo por dónde caminaba. Observé una chumbera de tamaño abismal en medio de la nada, posiblemente la chumbera con más higos que había visto nunca. Me acordé de mi padre, de mi abuelo. De la casa de campo y de las manos heridas por las púas.

—¿Falta mucho? —pregunté sudado.

—Es allí abajo —dijo al señalar un cementerio. Lo vi a lo lejos y no me hizo mucha ilusión.

—No recordaba que estuviese tan lejos… —dije.

—No lo estaba.

Pasamos por la puerta del cementerio. Las gaviotas y los cuervos posaban sobre las tumbas. El magnetismo de la tranquilidad hizo cesar mis ataviados pensamientos. Fueron las almas que allí descansaban. Quizá el calor. Qué importaba. Bajo un pequeño desfiladero de rocas, vi la lancha motorizada del hombre. Parecía peligroso. Primero bajó él, como si la roca fuese goma aceitosa por la cual se podía deslizar sin problema alguno. Yo fui el siguiente.

Calculé los pasos y di una mala pisada con la que casi pierdo el equilibrio. Me giré rápido y puse el pie en otra roca.

—Me cago en todo —murmuré.

—¿Estás bien? —gritó el hombre desde abajo.

—¡Sí, joder! —contesté enfadado —. Todavía me muevo...

Bajé imitando sus movimientos hasta que llegué a las rocas de la superficie. El hombre encendió la lancha.

—Sube —dijo —. Tenemos el tiempo justo.

Miré a los veleros al otro lado de la isla, a las lanchas que atracaban en el puerto.

—¿Por qué no hemos usado el muelle? —pregunté.

—Porque nadie sabe que estamos aquí —dijo el hombre y subí a la embarcación. Cielo despejado, azul como una piscina y viento de levante soplando en mi rostro. Canto de gaviotas en algún lado y una sensación fresca y agradable que suavizó mi resaca. A lo lejos se podía ver Santa Pola, Alicante y parte de El Campello. No volveríamos a Santa Pola, no aquel día. Las órdenes eran claras y él no cambiaría de opinión. La imagen de ese cabrón de Cornelio volvió a mi cabeza, como un golpe, un latazo de refresco en la frente. Rápido, puse la mano en el cuchillo que llevaba colgado a mi cinturón. Toqué la funda de cuero con mis dedos.

—Todo está bajo control —dije al hombre al verme extrañado —. No he olvidado nada.

*

Volví a la ciudad, me sentí fresco, fuerte, jodidamente desorbitado. Los edificios altos, las oficinas abiertas. Reconocer lugares, perder la noción de las horas, querer hablar con toda esa gente anónima, emborracharme con todos ellos. El hombre misterioso se despidió con un ligero movimiento de mano. Se colocó la gorra y se perdió con su lancha. Nunca me dijo su nombre.

Allí me encontraba yo, paseando por Maisonave entre los rostros tostados de las chicas que compraban trapos en H&M o tomaban café en las terrazas sacando a relucir los tatuajes de sus muslos, mientras los coches pitaban bajo el sol. El tráfico, el cielo azul, la vida, la playa, la cerveza, una cama y calor, buena compañía. Estaba eufórico, drogado de vida, olvidadizo. Me di una vuelta por el centro hasta coger el autobús que me llevaba a mi apartamento. El tablero se había llenado de fichas y casillas improvisadas y la partida se volvía más interesante que nunca. Libre bajo fianza, tenía 48 horas antes de que el oficial Rojo me encontrara jugando a Hércules Poirot. Con la información que Violeta me había administrado, tenía por dónde empezar y así destapar aquel enredo. En el cine todo parecía más sencillo. En la realidad, las pruebas tenían un alto precio. Quería demostrar el testimonio de Violeta, fuese cierto o no. Así era yo como periodista. La noticia era siempre un lado de la verdad y otro de la mentira. Una cuestión de posicionamiento, de toma de decisiones. Tenía que presentar el complot de Cornelio como una logia de explotación sexual. Las noticias sobre tales temas tocaban con rapidez la sensibilidad social. Los programas televisivos generaban el drama. Las madres se alarmaban por sus hijas. Los jueces hacían cola para encargarse de los casos. Resultaba fácil colgarse una medalla, salir en los diarios como un héroe y después cerrar, montar un bufete de abogados y vivir de rentas.

Pero antes de que eso sucediera, de que la policía entrara armada en el local y una cámara de vídeo lo registrara todo, antes de que Cornelio saliera esposado haciendo declaraciones a los periodistas, mucho antes, me iba a encargar personalmente de darle su sobredosis de mescalina, de hacerlo sangrar. Quería escucharlo gritar de dolor. Pensar en él me transportaba a una imagen deleznable y horrible, abusando sexualmente de todas esas chicas, mujeres que no había visto anteriormente. ¿Cómo era posible que la imaginación me llevara a lugares inhóspitos que no había experimentado? Sea como fuere, mi corazón palpitaba, golpeando como el puño de un niño que quiere salir de su casa, el preso que quiere salir de su celda o un perro tratando de salir del armario.

Cuando llegué al apartamento, lo primero fue cargar el teléfono. Desde hacía días, no tenía batería, así que imaginé que me habrían llamado. Al encenderlo sólo encontré mensajes de voz. El éxtasis me hacía temblar la mano. Acerqué el auricular a mi oreja y pulsé la tecla.

Sonó un pitido. Primer mensaje.

—¡Eh! ¿Qué hace esa zorra de tu amiguita con Cornelio? —dijo una mujer. Era Clara —. La estás cagando. Espero que te pudras en la cárcel.

Segundo pitido.

—¿Has salido ya? —dijo otra mujer. Era Blanca —: Llámame si escuchas esto. Siento no poder ir a verte.

Tercer pitido.

—¿Miraste la caja? —era de nuevo Clara —. ¿Por qué no estás en tu apartamento? ¿Intentas evitarme?

Cuarto pitido.

—¿Crees que soy idiota? —dijo un hombre. Era Ortiz —: ¿Qué coño crees que haces? Espero que tengas una buena explicación.

Quinto pitido.

—Joder, Gabriel… —dijo Ortiz de nuevo —. Ya he hablado con la policía. ¿Qué vamos a hacer contigo?

Sexto pitido. Fui a la nevera, abrí una lata de cerveza y di un trago.

—¿Así es como defiendes el honor de tu amigo? —dijo una mujer. Era Clara —: No te entiendo…

Séptimo pitido.

—Te lo advierto —dijo de nuevo —. Cornelio es peligroso. Tienes que salvar a esa chica.

Octavo pitido.

—¡Dónde coño estás! Los he visto en un restaurante… —dijo Clara fuera de sí —. Se ha encaprichado con ella.

Noveno pitido.

—Señor Caballero —dijo una voz masculina —, le habla el oficial Rojo. Póngase en contacto conmigo lo antes posible.

Último mensaje.

—Cariño, ¿estás bien? —dijo una voz de mujer. Era mi madre —. He escuchado en las noticias que…

Colgué.

Había tenido suficiente.

Me terminé la cerveza de un trago. Cogí otra y la abrí.

La barriga hinchada por el gas me impedía respirar bien. Quería emborracharme, pero no tenía suficiente alcohol ni me encontraba en el mejor estado.

Fui a mi habitación y busqué un polo negro y unos vaqueros viejos. Estaba harto de llevar la ropa prestada, impregnada por la esencia de aquel desgraciado.

Entre la ropa encontré un cigarrillo arrugado, lo encendí. Di una larga bocanada. Oh, sí. La necesitaba. Después desplacé el escritorio, dejando la pared blanca libre. Cogí el único póster que me quedaba con la portada de Guitar Romantic de The Exploding Hearts y le di la vuelta. Lo colgué en la pared con un alfiler tracé una línea. Necesitaba un mapa de la situación, ordenar hechos, nombres y conexiones. Atar cabos, de eso se trataba, ¿no?

No supe por dónde empezar. En mi profesión nunca me pagaron por resolver acertijos y tampoco crímenes. Ortiz nunca me dio las gracias por jugar a ser Sherlock Holmes o escribir historias como el puto Stieg Larsson. Pero allí estaba, salvándome el cuello de la guillotina, encontrando la forma.

Durante las dos siguientes horas, sólo salí de aquel cuarto para bajar a la tienda a por más cerveza fría y vaciar la vejiga.

Agotado, comencé a tener una idea de lo que sucedía, de lo que había sucedido. ¿Por qué Hidalgo no me lo contaría antes? La conexión entre ellos era Clara, nunca mejor indicado. Ella no pudo matarlo aunque fuese el motivo de su muerte. Cornelio y Clara habían tenido una aventura más allá de las prácticas sexuales que iniciaban en la hermandad. Cornelio, un hombre celoso y enamorado, quiso limpiarlo del mapa, y qué mejor método que usando sus técnicas psicológicas para convencer a Rocamora. El otro, un empresario arruinado, divorciado y dueño de un negocio familiar, una fábrica de embutidos que había llevado a la quiebra por una mala gestión económica. Drogadicto, vicioso y adicto a la cocaína, encontraría su limpieza en los Hermanos del Silencio. Y eso fue lo que hizo, callar como un iniciado y dejarse el polvo blanco a cambio de ayuda. Cornelio dio con el hombre perfecto, un secuaz dócil y servicial que sólo necesitaba sentirse querido. Cornelio practicó su lavado cerebral y ofreció sexo gratuito a su siervo, entregándole a la más bella de todas, que para entonces estaba dispuesto a dar la vida por su amo. Cornelio necesitaría siempre una coartada, una marioneta, alguien a quien echar a la hoguera. El toque de gracia llegaría con un pacto de sangre. Los milagros existían, pero tenían su precio. Cornelio le ofrecería salvar la fábrica a cambio de una pequeña acción: terminar con Clara. Matarían dos pájaros de un tiro. Hidalgo sería el principal sospechoso de su muerte y pronto Rocamora y Cornelio gozarían de más champán y mujeres para celebrarlo ¡Como en los viejos tiempos! En el tintero quedaría Violeta, sumida en un silencio eterno, en una pena que la llevó a contactar conmigo, a pedir ayuda en secreto. La torpeza de Rocamora lo llevó a mí. El infame, erró, acabando con la vida de la chica inadecuada, Hidalgo se daría cuenta y una mañana de julio sonaría el teléfono en mi oficina.

Bingo.

Fin de la historia.

Lo había hecho. Había resuelto el enigma.

Apagué el cigarrillo introduciéndolo por la apertura de una lata de cerveza. Miré al póster lleno de líneas de diferentes colores, frases inconexas y garabatos. Tenía que ponerlo todo sobre escrito, trasladar los hechos a un documento de texto y publicarlo.

O tal vez noMe derrumbé.

No podía publicar eso.

Ordené los hechos.

Estaba agotado.

Agarré una silla y la tiré contra la pared. Nadie creería mi historia.

El puñal plateado yacía sobre el mueble.

Qué idiota fui al olvidarme de mis asuntos personales.

Me levanté, agarré el arma y salí del apartamento.

12

Tomé el autobús que me dejaba cerca del centro. Conocía el barrio, la ruta, incluso tenía la sensación de haber dormido en el pasado en alguno de los apartamentos colindantes. Muchas noches de fiesta, muchas noches haciendo calle.

Durante el trayecto, llamé varias veces a Blanca, pero me devolvía la llamada el maldito buzón de voz. Me pregunté qué habría pasado durante mi ausencia. Me sentí culpable al pensar que todo era por mi culpa, pero el sentimiento se fue rápido. Ella era adulta, podía cuidarse sola. Blanca me recordaba a mi yo del pasado. Tenía una personalidad parecida que poco a poco se fue desvaneciendo con las únicas verdades que la profesión me mostró. De nada serviría tomarse el trabajo demasiado en serio, ya fuera la redacción como limpiar mesas en un bar. Nos habían enseñado desde pequeños a tomar el trabajo como una bendición. Con el tiempo me di cuenta de que eso no era así. Comprobé que más de una persona se saltaba las normas, y no pasaba nada. Vivía con el corazón en un puño, medicándome con pastillas, hastiado y apurado por mi oficio, un oficio que me daba muchos problemas y pocas satisfacciones. Un oficio que ni siquiera me llenaba. Yo quería ser escritor, así como muchos de mis compañeros también lo querían. Y por eso estábamos allí, porque estudiar una filología hubiese sido mucho peor. Contar historias, aunque no fuesen las nuestras, era lo único que nos quedaba, como esos jugadores de fútbol que nunca abandonan del todo y terminan dando patadas a una pelota los sábados entre fontaneros, estudiantes y médicos. Con el tiempo tiramos la toalla. Eso era yo, un casi treintañero empecinado en ser leído, aunque fuese en un diario. La satisfacción de ver tu nombre en la columna sólo dura el primer día. Después, el nombre se convierte en parte del diseño, como los márgenes blancos, las líneas negras o las negritas. Gabriel Caballero era un nombre cualquiera como pudo haber sido otro. Recuerdo las palabras de mi abuelo cuando me preguntó por primera vez   por   mi   oficio.

—¿Cuándo saldrás por la televisión? —dijo.

—Cuando mate a alguien, abuelo —contesté.

Nunca volvió a preguntarme. Ni él, ni nadie. Entendieron que había fracasado y que jamás empuñaría un micrófono y que tampoco sería uno de esos reporteros que se hacían fotos con la gente en la calle. Y lo preferí así. No quería ser conocido por las atrocidades que escribía, la mayoría de ellas olvidadas tras un día y muchas invisibles a los ojos de los lectores. El periódico se había convertido en un objeto de decoración de los bares y las bibliotecas, un complemento de escritores, esnobs y jóvenes que descubren a Kerouac a los veinte y se quedan atontados para siempre. Un complemento para aparecer en las fotos, para llenar las cafeterías, para desmarcarse del resto. Un complemento para decir que no existe nada mejor como una terraza de La Latina, un café solo y la prensa diaria. Memeces. Por supuesto que existen cosas mejores. Siempre fue así. Mi guerra era otra, no la del papel ni la del simbolismo posmodernista. Estaba a punto de perder el primer y único oficio legal que había tenido y de algún modo me sentía aliviado, aunque también me asustaba la idea de morir hambriento. Había descuidado mi trabajo por completo y todo lo que estaba sucediendo en mi vida, no ayudaba lo más mínimo para que Ortiz se hartara y me plantara el finiquito. Me sentí apurado en aquel asiento de plástico. El conductor dio un frenazo brusco. Pensé en las posibilidades de dedicarme a otros quehaceres, pero no era más que fantasear gratuitamente. Mi novela estaba sin terminar. Tampoco quería darme por vencido. El apoyo moral externo era nulo, no había logrado ganar ningún concurso y las editoriales se habían dado de bruces para mandarme a la mierda con sus cartas de rechazo. Así que tenía un gran dilema. La idea de matar a alguien no era tan peligrosa siempre y cuando aprendiera a cuidar mis espaldas, ¿verdad? En la cárcel, al menos, tendría algo para comer.

El autobús se vació. Una mujer mayor me miró a los ojos

mientras sostenía el teléfono en la oreja. Finalmente desistí y escribí un mensaje de texto. Blanca estaba en peligro. Eso era todo lo que sabía, y no porque me lo hubiese dicho esa lunática, sino porque Cornelio jamás me infundió seguridad.

Pulsé el botón y me acerqué a la puerta. La mujer me miró de arriba a abajo.

—¿Tiene algún problema? —le dije.

—No —contestó mirándome a los ojos. Le temblaban las piernas. Pareció darse cuenta de mi cinturón.

—Debería ser más respetuosa… —contesté —. Vivimos en un mundo salvaje.

Las puertas se abrieron, me apeé y caminé por la acera. Cuando el vehículo arrancó, miré atrás y ella seguía con la mirada clavada en mí. Maldita sea, aquella vieja me dio escalofríos. Caminé y respiré hondo. Me acerqué al local. Esperé varios minutos. Tan pronto como las últimas personas hubieron entrado, anduve en sigilo y traspasé la puerta.

*

La oscuridad habitaba el pasillo. No había luz, ni siquiera funcionaba. Era muy extraño. Debido al trasluz de las farolas de la calle, pude guiarme hasta los vestuarios. Como Violeta me había explicado, esa noche no se reunirían para una sesión mundana de terapia. Sonó un golpe metálico que procedía del interior. Alguien bajó la persiana de la puerta principal. Después el ruido de llaves y finalmente una cerradura. Me oculté tras un pilar mientras sombras humanas caminaban. Consideré muy arriesgado ayudarme con la pantalla del teléfono para guiarme entre las tinieblas. Un mechero no sería tampoco de ayuda. Varias personas caminaban en la misma dirección mientras encendían velas que colgaban de las paredes. Di un vistazo por el vestuario. Lo primero que pensé era qué hacía eso en aquel lugar, pero supuse que formaba parte de las instalaciones. Era un cuarto pequeño, como si se tratara de la zona de probadores de una tienda, con sus cortinas y sus espacios individuales. Husmeé en los interiores, encontré ropa femenina, lencería, medias... Estaban húmedas y calientes, así que habían sido usadas recientemente. Después abrí una cómoda, un pequeño cajón negro que había junto al espejo. La oscuridad me impedía ver bien. Forcé la vista pero fue inútil. Debía guiarme por el tacto. Todo iba bien hasta que toqué algo largo y elástico de goma. Tenía forma cilíndrica y se escurría por mis dedos. No podía estar vivo, no tenía por qué temer, hasta que lo saqué al exterior y lo levanté para ponerlo junto a la ventana. Entonces lo vi. Era enorme, de color negro e imponente. Era la primera vez que sostenía uno en mis mano. Un maldito consolador de goma, un pene de silicona gigante de color negro, agitándose como un niño que quiere salir del carrito, aceitoso y salvaje. Tenía en mi mano un jodido pene saltarín. Entre la tensión y la sorpresa, el pene salió volando de mi mano, deslizado por el aceite y cayó al suelo. Rápidamente, me escondí en un probador cuando dos personas entraron con una vela.

Casi.

No me vieron.

—Tranquila, tienes que relajarte… —dijo una chica. Por su voz, pensé que tendría unos treinta —: La primera vez… es siempre la primera vez.

—Lo sé… —dijo la otra chica. Esta era más joven, posiblemente universitaria —: No sé, nunca lo he hecho por ahí, ya sabes. He oído que duele bastante.

—La primera vez… es siempre la primera vez —dijo la mujer adulta —. No es para tanto… ¿Estás emocionada?

—Un poco —dijo la chica joven. Yo estaba alucinando tras la cortina, aguantando el silencio y las ganas de salir a escena —: ¿Tú has hecho de todo?

—Sí, creo que sí —contestó —. De todo lo que es aceptable, por supuesto.

—Ajá.

—Me niego a que me hagan… ya sabes… —dijo.

—¿Qué?

—Pues eso… Caca —contestó ruborizada —. Vaya, pensé que nunca lo diría en voz alta.

Alguien dio un paso. No vi nada. Pensé que me habían descubierto.

—¿Qué es esto? —dijo la chica joven y se agachó a coger el consolador del suelo —. Alguien lo ha olvidado. ¿Nos hará falta?

—Puede que a ti sí —dijo la mujer adulta en tono jocoso. Se escuchó un hilo musical que procedía de la sala grande —: Vamos, va a empezar.

Las dos mujeres desaparecieron. No entendía nada. Salí del probador y busqué a mi alrededor, de nuevo, confiando en la suerte de palpar con mis manos lo únicamente necesario. Encontré un montón de túnicas, pero no eran blancas ni negras como había visto anteriormente. La oscuridad me impedía ver y la iluminación de la calle, no ayudaba. Saqué el teléfono y me alumbré.

Sobre una mesa, había túnicas rojas y azules. Maldita sea, no supe qué hacer, qué elegir, pero estaba claro que no podía aparecer allí con la ropa que llevaba. No era muy difícil entender que cada color era para un género diferente. ¿Qué color era más femenino? ¿Y cuál más masculino? Menuda mierda. ¿Y si me equivocaba? No saldría con vida seguramente, o al menos, con el recto entero.

Junto a las túnicas había máscaras blancas. Eran antifaces baratos de plástico, blancos. No entendí qué representaban, pero sí que debía llevar uno.

Se me ocurrió algo. No tenía sentido, aunque era lo más lógico que vino a mi cabeza. Tenía que arriesgarme. En nuestro encuentro, Violeta vistió un vestido negro. Un color oscuro. En el primer encuentro con los Hermanos del Silencio, Cornelio era el único que vestía una túnica del mismo color. Violeta imitaba a Cornelio, así como el Diablo imita a Dios. No podía ser más obvio que Violeta ordenara a las mujeres vestir de azul, el color de la templanza, dejando la pasión, el deseo y la sumisión al hombre. Era su modo de vengarse.

Aquella teoría no me convenció con el paso de los segundos, pero decidí no darle más vueltas y agarrar la túnica roja. Desnudo de pies a cabeza, me enfundé en la túnica de algodón, coloqué mi máscara blanca y subí la caperuza de mi bata. Bajo mi prenda, sostuve el cuchillo y salí del cuarto.

A medida que caminaba siguiendo el rastro de velas que había en los pasillos, sentí el olor fresco de doncellas que estaban a punto de perder su alma. Víctimas de hombres sin piedad que usaban los cuerpos de las jóvenes a su antojo. Perfumes embriagadores que decían mucho de sus personalidades. Por un instante, sentí la fragancia de Blanca Desastres y me paralizó. Aquel olor que inundó durante días la habitación de su estudio, el cuarto en el que dormía. Todo olía a ella. Era imposible de olvidar. Me sentí bien al saber que estaba allí y mucho mejor cuando reconocí a una chica vestida de azul.

Las luces daban a la sala grande, al gimnasio en el que nos habíamos reunido previamente. Conocía aquel lugar, aunque a oscuras pareciese un laberinto.

Me pregunté dónde estarían los demás: Violeta, Clara y Cornelio. Me pregunté tantas cosas que la mente se nubló hasta que la música cesó y decidí ocultarme en una esquina.

Un foco de luz iluminaba el centro de la sala. Un círculo de velas con un cirio en el centro brillaba con fuerza. Los presentes formaban una circunferencia humana dividida en dos colores. En una mitad, hombres. En la otra, mujeres. A su vez, representaban una versión ampliada del círculo de poder, el símbolo de Dios, el silencio, el todo y la nada. Fijándome en cada una de las personas, reconocí a una de ellas. El tono tostado de su piel, su altura, la delgadez de sus dedos y un esmalte de uñas propio de un despiste, sólo podía ser ella: Violeta. Se encontraba en uno de los laterales y parecía buscar a alguien con la mirada. El resto de chicas eran todas iguales bajo los atuendos. No podía saber dónde se encontraba Blanca.

En tales situaciones, uno no se pregunta cómo a llegado a ellas, no. No lo hace cuando se encuentra en pleno éxtasis, en la absoluta euforia. Así estaba yo, allí, oculto tras la cortina con un puñal bajo mi toga, sin saber muy bien cómo había llegado y con la única certeza de que mi corazón palpitaba a mil por hora, sin razón alguna, pero por el honor de una mujer. Estaba hechizado y no tenía cura.

El cirio se apagó sin razón, en medio de la nada. Entonces entró Cornelio con un medallón sobre el pecho. Era un círculo dorado como el que se encontraba en todas partes. Quise aplaudir, pero no lo hice. Era uno de sus muchos otros trucos baratos de ilusionista, y parecía no hartarse de practicarlos delante de sus adeptos. Iba vestido como el resto de hombres, incluso ocultaba su rostro con la misma careta de plástico, algo que me puso nervioso. Tendría que ser rápido para no confundirme.

Sólo Dios sabía qué iba a pasar.

Cornelio caminó despacio hasta el centro e hizo una reverencia a los que allí estaban. No emitió ningún sonido y se limitó a mirar fijamente a todos. Cuando terminó la ronda, se fijó especialmente en una chica. La reconocí. Era Blanca, sólo podía ser ella.

Llamó a uno de los hombres con el dedo. De su cuello colgaba otro medallón, diferente al del líder. Parecía ser un iniciado. Cornelio se ganó su lealtad invitándole a elegir.

El hombre señaló a Blanca.

Cornelio le hizo un gesto a la chica para decirle que esperara. El hombre del medallón miró a su líder y recapacitó, eligiendo a la siguiente chica. La chica dio un paso al frente. El resto se sentó de rodillas, como habíamos practicado en la primera sesión. La chica y el hombre se desnudaron en el círculo de luz, junto a Cornelio. El tipo tenía el pecho velludo, una barriga prominente y un tosco y grueso miembro viril. Ella poseía una figura normal, ni gruesa ni delgada, con los pechos grandes y un poco caídos. El resto era oscuridad. Los demás, las tinieblas.

De pronto, empezaron a toquetearse, a husmearse como animales, excitándose mutuamente delante de todos. Al parecer era una prueba de sumisión, la prueba final para formar parte de la logia. La chica comenzó a gemir como un animal, él la siguió. Se tocaron los miembros, dejándose llevar hasta tocar el suelo. Tumbados, ella le practicó una felación de rodillas mientras el hombre le masajeaba la vagina sentado. Después la agarró por detrás y la penetró. El volumen de sus gemidos aumentó. Cuerpos sudados bajo la luz de los focos y el calor de las velas. La chica apoyó sus manos contra el suelo para aguantar los golpes. Estaba a punto de correrse cuando el hombre sacó su pene y decidió penetrarla por el ano.

—¡No! Por ahí, no… —dijo la chica.

Esa voz, la chica de los probadores.

Cornelio no se interpuso, de hecho se excitaba viendo aquello.

El hombre fingió escuchar sus plegarias e introdujo su enorme pene por el recto de la chica.

—¡Ah! ¡Joder! ¡Dios! ¡Ah! —gritó.

Cornelio sonrió.

El hombre, con el pecho sudado, le dio varias sacudidas hasta que sacó su pene y eyaculó en su espalda, dejando una larga mancha de semen.

Ella, abatida, daba largas respiraciones sobre el suelo.

Como si de un combate de boxeo se hubiese tratado, Cornelio caminó junto al hombre, erguido y recompuesto y cogió el brazo de la chica, para ayudarla. Finalmente los abrazó, les invitó a que se abrazaran y así prosiguieron.

El líder se giró a los suyos.

—Amor vincit omnia —dijo en alto.

Todos repitieron.

Mi corazón bombeó con más fuerza.

—¡Amor vincit omnia! —gritó.

Las arterias de mi cuerpo se hincharon. Algo se despertaba en mi interior, un sentimiento de furia, un odio visceral. No entendí muy bien qué me estaba pasando, no podía mirarlo diciendo aquello, su sonrisa, me asqueaba, era repugnante, y más aún después de todo lo que había visto.

—¡Amor vincit omnia! —gritó a pleno pulmón y después el resto, como una ovación. Los brazos en alto, las voces que llegaban de la nada, del averno. Allí reunidos, se levantaron para encontrarse unos con otros. Las mujeres y los hombres salieron directos entre sí para fornicar allí mismo. Estaban bajo un trance de pasión y excitación. Cornelio parado, con los brazos en alto, allí, sonriendo ante la multitud, un grupo de gente que había olvidado lo anterior, un grupo de gente hambrienta por acostarse con alguien. Mujeres y hombres se desnudaron allí sin ningún tipo de pudor y comenzaron a penetrarse, unos a otros. Una mujer practicaba sexo con dos hombres. Un grupo de cinco corría de nuevo hacia la oscuridad. El murmullo creció convirtiéndose en una nube de gemidos y excitación lubricada de antemano. Cornelio los había convertido en depredadores de carne, elevando su deseo a lo más alto. Glorioso, dio un paso al frente en dirección a la única chica que quedaba libre: Blanca. Violeta, desaparecida. Era mi momento, no podía verlo, ya no me importaba que el resto lo supiera. Sólo quería apuñalarlo con todas mis fuerzas, terminar con él, atravesarlo hasta desangrarlo, convertirlo en algo irreconocible.

Quería que pagara por todo lo que había hecho a esa gente.

Agarré el puñal y me lancé cuando una fuerza me desplazó contra el fondo de la habitación. Caí al suelo, el cuchillo salió desplazado y lo perdí en la oscuridad. Era un hombre, desprendía sudor corporal. Le asesté una patada en la pierna, pero fue más rápido y fuerte que yo.

—¡Detente! —dijo lanzándome de nuevo contra el suelo.

—Te voy a destrozar hijo de... —contesté levantándome cuando vi el rostro del desconocido —. Un momento... ¿Rojo?

—Silencio —dijo. Era el oficial de policía, llevaba una túnica roja como la mía —: ¿Ha venido acompañado?

—Larguémonos, Gabriel —dijo el policía —. Es lo mejor.

—No —contesté y me giré en dirección a la pareja —. No puedo dejar a Blanca.

—¿Blanca?

—La chica —dije.

El policía me agarró del brazo. Me resistí. Forcejeamos varios segundos hasta que el policía me dio un puñetazo en el estómago.

—¡Bastardo! —dije.

Cornelio besó a Blanca en los labios y la agarró de la mano.

—Gabriel —repitió sujetándome los brazos—. Si entramos ahí, saldrán inmunes.

Yo intentaba escapar de él, no me importaba lo que dijera.

—Pero, ese cabrón...

—Pagarás tú por él —confesó —. Eso es lo que quieren.

—¿No lo ves? ¡Que os jodan! —dije —. Cornelio no se saldrá con la suya.

—Te han lavado la cabeza —dijo el policía —. Necesitas ayuda.

La pareja desapareció.

La presión de los brazos bajó y el policía me soltó.

Por un ligero instante, miré al oficial Rojo, sus cuencas oculares, los músculos de su cara tensos y desesperados. ¿Qué me había llevado hasta allí? ¿Cómo el oficial me había encontrado? Me pregunté por Violeta, por Clara, por Blanca… ¿Por qué aún seguía pensando en Blanca? Era adulta y nuestro amor no se correspondía. Giré mi cabeza, contemplé a escasos metros a un enjambre humano, comportándose como larvas viscosas y derretidas. No reconocí a mi especie, famélica y lujuriosa.

Desde entonces, la pornografía pasó a ser un cuento para niños.

13

De nuevo allí, sentado junto a la foto de aquella mujer, el escritorio, el banderín de España y un vaso de Gatorade en mis manos. El despacho de Rojo se convertiría en mi segundo hogar. Él entró con un café en la mano y se sentó frente a mí. Olía a tabaco, lo pude notar en la estela que dejó. Yo también quise fumar. Caminó hacia la ventana y dio un vistazo al exterior. Se aseguró que no hubiese nadie y bajó la persiana. ¿Qué hacía el oficial allí? ¿Formaba parte de los Hermanos del Silencio? Se sentó en el escritorio, movió la silla giratoria y encendió la pantalla del ordenador de sobremesa. Después abrió un cajón que había en un mueble cercano y sacó una carpeta con documentos, dejándola frente a mí.

Dio un suspiro y sorbió el café.

—Ábrela —ordenó.

Eso hice. Abrí aquel montón de folios ordenados y comencé a mirar su contenido sin demasiado interés. Todo eran informes redactados por él y otros policías. Denuncias, noticias recortadas de la prensa y alguna fotografía de miembros desaparecidos.

—¿Qué es todo esto? —pregunté.

—Los investigamos desde hace tiempo —dijo el oficial —. Hace meses que me quedé con el caso.

Sonó muy personal. La foto de esa mujer, la ex mujer del oficial. Todo parecía extraño y confuso. Continué mirando. Encontré fotos con los restos de Rocamora. La primera fotografía era de un cuerpo descuartizado, rasgado por las hélices. La carne estaba cortada como si las hélices de un avión lo hubiesen trinchado. Irreconocible. Dramático. No quise contemplar el resto, eran repugnantes. Las puse a un lado y continué. Aparecieron fotos de Estrella, tirada en el suelo, con ese rostro de ángel desvalido que siempre tuvo. Pobre Estrella, se merecía algo mejor que una muerte así. En las primeras fotos aparecía vestida, tal y como la encontré en el apartamento. El resto formaban parte del forense y de la autopsia. Sentí náuseas. Estrella ya no era estrella, sino un cuerpo frío y sin vida, sin expresión ni flujo sanguíneo. Le habían asestado varias puñaladas en el costado. Aquel detalle resultó familiar, como si ya lo hubiese visto antes en algún otro lado.

Entonces lo vi a él.

Antonio Hidalgo. El rector, mi amigo.

El cuello amoratado y la cara de auxilio, de hundirse en la tierra.

Tenía la mandíbula desencajada y los ojos fuera de sí, casi en blanco. Un fuerte dolor golpeó en mi nuca. Un taladro emocional atravesó mi corazón. El estómago se volvió rígido, anudándose entre las tripas. Dejé las fotografías bajo los folios y di un trago a la bebida energética. Rojo estudiaba mi reacción.

En la carpeta también se encontraban documentos relacionados con Hidalgo, Clara y Rocamora. Facturas, datos de registros y direcciones físicas.

—¿Qué pretendes que entienda? —pregunté.

El oficial me observaba. Quería comprobar mi reacción. Volvió al armario y sacó una caja. Era el pequeño cofre que guardaba Clara en el apartamento. Estaba ahí. La verdad se encontraba frente a mí. Acerqué mis manos cuando el policía la protegió con las suyas.

—¿Qué deduces de todo esto? —preguntó como si se tratara de un acertijo.

—No hay nada que deducir —dije —. Tenéis que parar esto. Ya ni siquiera es divertido.

—Necesitas mi ayuda —dijo el policía —. Y yo la tuya.

Bang.

—¿En serio? —dije hinchándome como un pavo real —. Vaya, ¿a qué se debe oficial?

—Puedes ayudarme —explicó —, o puedes volver a la celda. Esta vez, nadie pagará tu fianza.

—Un momento...

—No —dijo —. Te equivocas, Gabriel. No hay más momentos. Crees que no ha sido así, pero esta gente...

—Basta —dije —. Mejor... guárdatelo.

—Esta gente te ha utilizado —dijo el oficial —. Han hecho lo que han querido contigo.

Una grieta se abrió en el suelo. Vi un volcán de lava emocional bajo mis pies. Sentí que caía sentado, que la silla se derretía por el calor. No podía escuchar lo que el policía decía. Era demasiado orgulloso para entender que alguien me había usado como a un pañuelo de gasolinera.

—¿Desde cuando?

—Rocamora no te llamó por casualidad —dijo el policía con cierta culpa en sus palabras —. Sabía a quién llamaba.

—Sí, claro. Hidalgo le dijo que lo hiciera —contesté alterado —. Pedía ayuda.

—No, Gabriel... —dijo el policía. Me sentí como un niño perdido entre la maleza sin la capacidad de entender la lógica de los adultos. ¿Qué tenía que entender? Los hechos eran así —: Rocamora te llamó porque Hidalgo le dijo que lo hiciera...

—Eso he dicho.

—Sabía que accederías...

—Era mi amigo.

—Y por eso te traicionó —finalizó el policía.

—¿Qué?

—Hidalgo te traicionó —dijo el policía —. Él tenía otros planes para ti, pero todo se torció.

—Ahora sí que no entiendo nada —dije.

Podía ver las burbujas de lava a mis pies. El estupor corría por los poros de mi piel.

—Acompáñame —dijo y se levantó. Caminamos hasta otra sala en la que había un ordenador portátil conectado a un proyector y sillas de color azul ordenadas en filas. Parecía una sala de conferencias. Introdujo una memoria flash en el ordenador y abrió un documento. Una imagen se proyectó borrosa en la pared. Segundos después, el objetivo se enfocó automáticamente.

En la pared había un diagrama con la estructura de los Hermanos del Silencio. Rojo había cumplido con el deber. Su mapa era mucho más extenso que el mío. En el documento había conexiones y rostros. Una foto de cada uno de los sujetos que estaban bajo vigilancia. Cornelio encabezaba al grupo, que a su vez, estaba conectado a una interrogación. ¿Se trataría de una célula? El esquema era similar al mío con la diferencia de que había olvidado a un sujeto importante en toda esta historia: yo. En un primer vistazo, me aterré al comprobar cómo todos los enlaces conectaban conmigo: Clara, Blanca, Hidalgo, Violeta, Cornelio… Existían otras personas que no había visto en mi vida y que entonces, tenían los rostros en blanco y negro, dando a entender que ya no formaban parte del diagrama.

—Respira —dijo el policía —. Debes sentirte frustrado.

—Has logrado sorprenderme —contesté y me senté en una silla.

Siguiendo una estructura piramidal, Rocamora e Hidalgo, junto a tres miembros más, formaban parte de un conglomerado de empresarios y personas influyentes. Un hombre de pelo oscuro, bigote y gafas de pasta negras, era el director jefe de famoso diario de tirada nacional. A su vez, aquel hombre había sido el supervisor de Blanca durante sus estudios y en su primer puesto de trabajo. Casualmente, el hombre de monturas y mostacho, entablaba amistad con Ortiz, el jefe de mi redacción, que también era amigo de Hidalgo. El rector estaba conectado a un grupo de nombres de fabricantes relacionados con la industria alimenticia y ferroviaria, los mismos que hacían donaciones y contrataban estudiantes en los periodos estivales para que realizaran prácticas en sus centros.

En una escalera de grados, entre Blanca y Cornelio existían menos de siete conexiones. En el pasado, había escuchado aquella teoría que se apoyaba en que todos estábamos relacionados por una escala de siete grados. Calculado o no, el diagrama que Rojo había elaborado, demostraba que sí, que la teoría podía ser cierta y que el mundo era un jodido pañuelo usado lleno de mocosa aplastada. La cabeza me dio un vuelco. ¿Quién era Blanca Desastres? ¿Qué pretendía con aquello? La tela de araña se extendía aún más.

—¿Dónde está Clara Montenegro? —pregunté —. No encuentro su nombre.

—No existe ninguna Clara Montenegro —dijo el policía. Caminó a la lona del proyector —: La persona que buscas se llama Sasha Bonilova y es ucraniana.

—Intentas confundirme… —contesté. Rojo señaló a una rubia de ojos azules. Clara era diferente, no era ella. La chica de la foto era pálida y rubia. Clara tenía el pelo de color marrón oscuro —: ¿Y su forma de hablar? Ni siquiera tiene acento.

—La gente del Este tiene facilidad para aprender nuestro idioma —explicó —. Es una perfeccionista. Mimética.

—Esto es una locura —dije. Mis últimas semanas habían sido una mentira. Necesitaba tiempo para asimilarlo —: Ahora me dirás que es del KGB.

—No —dijo —. Era la antigua novia de Cornelio.

Miré de nuevo el diagrama.

—Pero Clara tenía una aventura con Hidalgo —dije —. Ella fue quien lo metió en todo esto.

—Tengo mis teorías —contestó el policía —, pero no son claras, hay muchos cabos sin atar, demasiada información que se me escapa de las manos…

—¿Por qué no los metes en la cárcel? —pregunté —. Así terminas con esto de una vez.

—No puedo demostrar nada —dijo —. No existen pruebas y tienen a la defensa con ellos. Pediré una orden de registro cuando sepa qué debo hacer.

—Tienes a Cornelio —contesté —. ¿Qué más necesitas?

—Estás enfocando mal todo, Gabriel… —rectificó —. Mi misión es encontrar al autor de los crímenes, no desmantelar a un grupo de personas que se reúne para montar orgías. Puede parecerte poco ético, pero no es mi responsabilidad.

—Entonces, vas a dejar que sigan haciendo lo que hemos visto…

—Habrá tiempo para todo —dijo el policía —. Encontremos a quién terminó con la vida de la chica, Rocamora e Hidalgo.

—Rocamora se suicidó —dije —. Yo lo vi. Él fue quien mató a la chica. Hidalgo se colgó en el apartamento. Ahí está todo…

—No —dijo el oficial —, te equivocas. Al igual que tú, creo que estaban sometidos a un lavado.

—¿Perdón? —dije. Rojo miró a la fotografía de la mujer y el niño que había sobre su escritorio. Tocó el marco y suspiró —: ¿Quién es? ¿Es tu familia?

—Sí —dijo dolido —. Es mi mujer… Era… No tengo idea de si estará viva o no. Hace años que desapareció. Nos abandonó.

—Vaya… —dije. Era lo propio —: ¿Qué sabes de ella?

—Nada —contestó —. Bueno, sí. Fue víctima de una secta… Supongo que yo tuve la culpa.

—¿Qué pasó? —pregunté.

—Lo de siempre —explicó —. Era una época en la que tenía mucho trabajo… El niño, las horas que no estaba en casa… Todo se le vino arriba. Le sugerí que fuera a yoga, que practicara deporte, ya sabes... Cualquier cosa menos quedarse en casa. Ella no sabía estar sola. Un día, la encontré leyendo un panfleto. Se lo había dado una amiga recién divorciada. Era sobre el chi kung, conectado con la energía y demás... No me hizo mucha gracia, pero parecía ilusionada.

—¿Eran los Hermanos del Silencio? —pregunté mientras daba un trago al Gatorade.

—No —contestó —. Eran otros, pero a fin de cuentas, similares. Después de las primeras sesiones, la encontré más relajada. La idea de conocer gente nueva, conectar con otros, me parecía bien, aunque había cierto olor extraño, ¿sabes? Siempre hay alguien, siempre hay una persona que dirige. Estos hijos de puta usan el mismo esquema. El tótem, el pastor, la representación de un ser supremo... El lavado comienza desde el primer día, poco a poco, abriéndote el estómago mental... La primera cucharada, después la segunda... Tú no te das cuenta, pero el veneno está dentro de ti... Primero, comienzas a ver el mundo de otro modo, más místico, con otras posibilidades... Todo retoma el color, no estás solo, compartes tus ideas, los otros te escuchan, refuerzan el mensaje sobre ti y lo vas plasmando en tus creencias... El proceso continúa mientras que te recuerdan que es un camino puramente individual y tuyo, así no tienes miedo de ser manipulado... Después vienen las reuniones, conoces al supremo... Un día, casualmente, recibes ayuda inesperada de ellos, te preguntas cómo lo sabían, cómo conocían que necesitabas ayuda de ese tipo... Poco más tarde, te piden un favor, es una cuestión importante, y no puedes decir que no, porque son tu vida, son más importantes que tu familia, amigos, que tu hijo... Un día el líder va a ti y te pide algo que no rechazarás porque tú eres la primera persona que quiere satisfacer sus necesidades... Para entonces, no necesitas ningún tipo de hipnosis, no existe encantamiento más fuerte que la propia aceptación de tu realidad distorsionada. Ella, junto a diez mujeres más, desapareció una mañana de 2001. Todas dejaron una nota, un comunicado a sus familias. Pidieron que no las buscaran, que no se molestaran en hacerlo. Se marchaban por voluntad propia, sabiendo lo que dejaban atrás, llevándonos en el corazón. Dicho así, era complicado iniciar un protocolo de búsqueda, pero aún así lo llevamos a cabo...

—¿Cómo terminó? —pregunté. El oficial Rojo se estaba pelando como un tubérculo ante mí. Su historia era estremecedora.

—Encontramos a cinco de las mujeres —dijo —. Bueno... sus cuerpos.

—¿Las asesinaron?

—No —contestó —. Voluntad propia. Aparecieron en Galicia, en los bajos de un despeñadero. Saltaron desde lo alto... Supongo que por instantes, despertaron del trance, dándose cuenta de lo que habían hecho y no pudieron soportar el dolor...

—¿Se encontraba entre ellas? —pregunté.

—No, no lo hizo —contestó el policía resignado —. Decidió continuar con las otras cinco. ¿Sabes? Cuando escuché que las habían encontrado, deseé que estuviera allí y poner fin a este asunto. Me duele pensar que está viva y no se arrepiente de haber abandonado a un hijo, eso es lo que más me duele...

—Es una historia jodida —contesté con afán de apoyarlo.

—Dudo que todas las personas que acceden a estos grupos sean víctimas —dijo en un tono grave —. Para muchas, es su salvación. Las familias somos egoístas, tendemos a pensar lo contrario, pero no todo es a causa del control mental al que se someten... Me ha costado reconocerlo, pero es cierto.

—¿Qué sugieres?

—Encontrar al asesino —dijo con firmeza —. Esa chica, Estrella. ¿La conocías?

—Sí... —contesté —. No se lo merecía.

—Exacto.

—¿Qué te hizo cambiar de opinión? —pregunté confundido —. Es decir, pensar que yo no lo hice.

—La caja —contestó.

—¡Maldita sea! —exclamé —. ¿Qué diantres hay en la maldita caja?

—Fotografías, cartas escritas a mano, correos electrónicos… —dijo él —. La información ha sido clave para construir el diagrama.

—¿Puedo echar un vistazo? —dije. La curiosidad me corroía los huesos.

—Claro —dijo —. Puede que tú veas algo nuevo.

Apagó el proyector y salimos de la habitación.

La comisaría se encontraba vacía. Alguien había apagado las luces del pasillo y del resto de oficinas.

—¿Qué es esto? —dije.

—Qué extraño… —dijo el policía. Pulsó el interruptor pero no funcionaba —. Habrán saltado los fusibles, espera aquí.

El policía dio varios pasos al frente. Escuché sus pasos, la goma de sus zapatos sobre el suelo. Una puerta se abrió de dentro hacia fuera, embistiéndolo contra la pared. Se escuchó un fuerte golpe.

—¡Qué cojones! —gritó el policía aplastado contra los azulejos —¡Alto!

—¡Rojo! —dije y fui hacia él.

No veía nada.

Alguien salió de la oficina corriendo. Escuchamos los pasos. Entre las sombras, ayudé al policía a incorporarse.

—¡Corre, corre tras él! —ordenó.

Cegado, corrí en dirección recta, tocando la pared con las yemas de los dedos. Escuché voces de policías en la entrada principal, pero todo estaba a oscuras y la única claridad procedía de las luces de la calle.

—¡Me cago en la puta! —gritó Rojo —. ¿Qué cojones estáis haciendo? ¡Seguidlo!

El murmullo de los policías confundidos rondando en la sala principal. Dos oficiales corrieron hasta un coche patrulla y salieron disparados. El apagón había sorprendido a todos. Se encendió la luz de nuevo y Rojo corrió a su oficina. Yo lo seguí.

—Lo sabía —dijo —. Mierda…

Se habían llevado la caja.

—Sólo el asesino podría estar interesado en la caja —dije —. No es la primera vez.

—¿De qué hablas?

—Intentaron atropellarme —expliqué —. Clara me citó en un bar poco después de que encontraseis a Hidalgo colgado. Me dijo dónde estaba la caja y me entregó las llaves. Esa misma tarde quise tomar la caja, pero me habían seguido… Quisieron arrollarme, terminar conmigo.

—¿Qué sucedió luego?

—Blanca apareció en moto —dije —. Si no hubiese sido por ella…

—¿Por qué mentiste?

—No sé, miedo, supongo… —contesté —. Clara me dijo que el contenido de la caja me salvaría.

—¿Por qué lo hizo ella?

—Venganza, me dijo.

—¿Hidalgo?

—Sí —dijo —, aunque empiezo a pensar que se trata de algo personal.

—Tenemos que interrogarla —dijo el policía.

—No es fácil —dije —. Siempre telefonea desde un número distinto.

—Le pondremos un cebo —dijo Rojo —. Así la localizaremos.

—¿Qué clase de cebo?

—Un artículo —dijo —, en el periódico. Haremos que lo publiquen.

—Ortiz no lo permitirá —dije —. Hace tiempo que debería…

—Lo hará —contestó y guardó silencio un segundo. Después levantó la cabeza —: Él también está involucrado.

*

Masticar, un proceso repetitivo, automático e inconsciente. Masticar. Perderíamos la cordura si contásemos las veces que masticamos al día. Masticar, pensar, respirar, caminar. Sentado en la terraza de un McDonald´s, solo, junto a mi menú, observaba el sol de la tarde, el Paseo de la Explanada, los barcos atracados en el puerto, las bolas de helado, el suave movimiento de las palmeras. Me di cuenta de que nuestro comportamiento no era tan diferente al de otros seres vivos. Éramos aparentemente predecibles. Las normas, la ética y la moral, las creencias de cada uno. La mayoría de estos procedían del mismo origen, de un círculo de pilares básicos. Entre bocado y bocado de mi hamburguesa, comencé a barajar en una servilleta, las posibilidades de causa y efecto de un golpe de fortuna. Mi misión era escribir un artículo, una noticia, algo, simplemente eso, una llamada a la acción que atrajera al sujeto hasta nosotros. Sabía que a Rojo se le escapaba de las manos aquel asunto. Pese a tener todo lo que necesitaba, por algún motivo, quería ir hasta lo más profundo de la madriguera, quería saber quién estaba detrás, y de cierto modo, vengarse personalmente por lo que le había sucedido a su esposa. Cada vez que mencionaba el tema, sentía dolor y resentimiento en sus palabras. Debía ser difícil perder a alguien en una situación así, sin poder hacer nada. Acostarse a diario con la mujer de tu hijo, tu esposa, la mujer de tu vida, el ser más amado, el mismo que una mañana, sin saber cómo ni por qué, comienza a mirarte como un desconocido, como un transeúnte solitario, individualista, que en lugar de asiento en el autobús, comparte colchón contigo. Y los días trascienden y tú no puedes hacer nada, porque ha vendido su alma a alguien que no es a ti. Entonces el dolor se vuelve doble, la cuchilla se clava por dos lados distintos del costado y sangras, sangras hasta que te caen las lágrimas, pero lo haces en silencio porque todo está bien, ella te dice que todo está bien. Debió ser complicado para él y para su hijo, los dos, cogidos de la mano, viendo como la mujer que llenaba de color sus días se moría lentamente, desapareciendo para siempre. Quizá Rojo tuviese razón y no todos los que deciden entrar en el juego son víctimas; que para muchos no es más que una excusa para liberarse o cambiar de dueño, de camisa, de comienzo.

Para mí, lo único cierto era que me sentía cercano a Rojo. Las llamadas al móvil de Blanca eran inútiles. Había apagado el teléfono para siempre. Me pregunté dónde estaría y me vino a la cabeza aquel desgraciado. No era una cuestión física. Era obvio que el poder, la riqueza y el respeto de los otros, era uno de los atractivos de Cornelio. ¿Con eso bastaba? ¿Con eso bastaba para conquistarla? Blanca me había parecido diferente, distinta a las demás, pero me había equivocado, de nuevo.

Rojo me había dado la tarde libre. Por un casual, ya no era sospechoso de ningún crimen. Mi cuello volvía a estar a salvo, no como mi carrera profesional. ¿Era aquel el punto y final a todo? Podía tirar la toalla, desaparecer como habían hecho otros. Pero no era mi estilo. A esas alturas, me era imposible abandonar. Estaba muy cerca de resolver lo que había pasado, de escribir la historia del año, de ganar algún que otro premio, y por qué no, impulsar mi carrera literaria. Sólo si esperaba un poco más, si trabajaba junto a Rojo, si obtenía el material necesario para ilustrar mi reportaje, tendría todo lo necesario para regresar a la profesión por la puerta grande. Durante varios minutos, me abstraje en aires de grandeza, dejándome llevar por una fantasía de pensamientos en los que Ortiz era destituido para nombrarme director, a mí, a Gabriel Caballero. La historia, era mi historia, con todas sus consecuencias. Yo recibí la llamada, yo escribiría el punto y final.

Una paloma se acercó a mi vera y le lancé una patata frita. El ave picoteó y se largó. Un halo de perfume familiar despertó mi sentido.

Miré a mi alrededor, pero había demasiada gente. Salté de la silla. El refresco cayó al suelo. Algunos que allí comían, me observaron.

No podía ser. Conocía ese perfume.

Corrí hacia el centro y vi la Rambla, atestada de coches y luces, con ese aspecto a Gran Vía madrileña y un reloj que marcaba los 30 grados. Giré y giré, mirando a mi alrededor, pero no reconocí ningún rostro.

El teléfono sonó.

Lo saqué de mi bolsillo.

Número oculto.

—¿Sí? —dije llevándomelo al oído —. ¿Quién es?

—Has ido demasiado lejos… —dijo una voz de mujer. Parecía distorsionada, como si hubiese sido tratada por un programa informático.

—¿Clara? ¿Eres tú? —dije nervioso. Sentí escalofríos, sabía que me observaba —: Sé que no te llamas así. Que tu nombre es Sasha.

—¿Por qué no me hiciste caso? —preguntó.

Seguí mirando, buscándola entre la gente.

—Hice lo que me pediste —contesté —. Fuiste tú quien me traicionó.

—Si me hubieses escuchado… —dijo.

—¿Qué quieres de mí?

—La chica… —dijo. La voz se volvía más humana, pero aún irreconocible —: La chica está en peligro… Ve a su apartamento.

—¿Cómo? ¿Ahora? —dije.

La llamada se cortó. Por un instante, me sentí tan pequeño, allí, entre tanta gente. ¿Debía confiar en la llamada? No estaba del todo seguro que hubiese sido Clara, al menos la Clara que yo conocía.

—¿Rojo? —dije de nuevo al teléfono —. Voy al apartamento de Blanca.

—¿Ahora? —contestó —. Descansa, Gabriel.

—He recibido una llamada anónima. Creo que era Clara

—dije —. Tenía la voz distorsionada.

—¿Dónde estás? —preguntó —. No te muevas.

Minutos después, el oficial apareció motorizado en una BMW con los colores del cuerpo.

—Eres rápido —dije cogiendo el casco.

—Suelo serlo —contestó —. En casi todo.

Nos subimos al vehículo. Una sirena se activó en la parte trasera. Me agarré, un rayo eléctrico me recorrió la espina para explosionar en mi recto. Tuve cosquillas, náuseas, vértigo. El impulso de la moto, la fuerza física contra el asfalto, la sensación de volar, de nadar despedidos contra el aire, como una pelota de frontón. El oficial movió el puño, un soplo de aire contra el rostro, salimos disparados, como un misil, creyendo desvanecerme allí mismo, a espaldas del policía, esquivando las luces de los coches que se convertían en pilotos de color rojo, desintegrado en la nebulosa que existía entre el espacio y mis pensamientos. Convirtiéndome en partículas de materia.

Llegamos al apartamento, corrimos como en una maratón, esquivando los obstáculos, subiendo los escalones dejando atrás el miedo y el dolor.

Los vecinos salieron asustados, curiosos por nuestra presencia. Todo pasó demasiado rápido. Toqué el timbre, pero nadie abrió. Salía música del interior del apartamento.

—¡Blanca! —grité —¡Abre la puerta!

—¡Apártate! —dijo Rojo. Se echó hacia atrás y dio una patada contra la cerradura, pero no logró abrirla. Salí hasta las escaleras y agarré un extintor. Cogí impulso y lo estrellé contra el cerrojo, pero no dio resultado.

—¡Fuera todos! —dijo el policía. Sacó su pistola y disparó contra la cerradura. El estruendo fue ensordecedor. Me pitaban los oídos. Algunas mujeres gritaron. Empujamos la puerta, sonaba Charlie Parker. El ordenador estaba encendido, una foto mía en un artículo de internet. Blanca había estado buscando información sobre mí. Continué con mis ojos, pero no quería ser testigo de lo que veía. Era ella, tirada en el sofá donde yo había dormido aquellos días. Su cuerpo pálido y apelmazado, acostado en horizontal. El cabello revuelto le tapaba parte del rostro, dejando a la luz sólo sus labios. Blanca estaba dormida, quizá por un rato, o puede que para siempre. Llevaba ropa de calle, nada especial, como siempre vestía. Parecía haber encontrado una razón que la llevó a ello. Había estado trabajando, o tal vez no. A su lado, un bote de Lexapro abierto, un puñado de píldoras en el suelo. El policía se lanzó a ella y agarró su muñeca.

—¡Llamen a una ambulancia!

—¡Oh, no! —dije —. ¿Vive?

—Por poco… —contestó el policía —. Blanca, despierta, vamos…

Advertí a los mirones que se largaran y cerré la puerta. Las piernas me temblaban, sentía sudores y escalofríos que recorrían mis extremidades. ¿Qué me pasaba? Me sentía culpable, eso era lo que sucedía. La culpa de haberla dejado sola con aquel cretino. Posiblemente, Blanca había despertado del sueño, dándose cuenta una mañana de todo lo que había pasado a su alrededor. Maldita sea, me dije, y corrí hasta el baño.

Examiné el lavabo, los armarios y cajones, comprobando la existencia de píldoras. Regresé a la habitación y miré en el escritorio. Abrí el navegador y la lista de páginas web en el historial. Aparecía mi nombre, no entendí nada. ¿Qué buscaba Blanca? ¿Por qué yo? Navegué entre sus notas, las carpetas de su escritorio. Me había mentido desde un principio. Blanca no estaba interesada en los suicidios y tampoco en el asesinato de Estrella. Husmeé en una memoria flash que había conectada al ordenador portátil. Todas las carpetas tenían asignado un número. En una de ellas encontré fotografías en las que aparecía yo. Era más joven y estaba con Patricia. Eran fotos de cuando estábamos juntos. ¡Maldita zorra! Pensé en alto y Rojo se giró hacia mí. Aquello me dejó sin fuerzas y todo se desvaneció como una ventisca del desierto. La cabeza me daba vueltas, me sentía mareado. La ambulancia llegó más tarde y se llevó a Blanca. Yo estaba apoyado en una silla, pero no escuchaba nada, no podía concentrarme en lo que pasaba delante de mis ojos. Me había quedado encerrado en mi cuerpo, en mi propio ser, como la película de aquel tipo que tenía síndrome de buzo. Rojo me dijo algo que no quise escuchar y me dio un bofetón.

—¡Eh! —dijo el policía—. ¿Estás?

Chasqueó los dedos delante de mí.

—Sí —contesté apartándole la mano —. Eso ha dolido, joder.

—¿Vienes o no? —preguntó nervioso —. Tenemos que llevarla al hospital.

—Te alcanzo luego…

—¿Estás seguro? —preguntó. Desconfiaba de mí —: No toques nada.

—No sé si será buena idea acompañarte… —dije —. En estos momentos, me gustaría verla muerta.

—¿De qué coño hablas?

—Echa un vistazo tú mismo… —dije señalando a la pantalla —. ¿De qué mierda va esto, Rojo?

El policía miró y pasó las fotos. Se paró en ellas. Era yo, todo el tiempo yo. En diferentes lugares, entre amigos, con Hidalgo, fotos de la fábrica extraídas de una videocámara… ¿Un objetivo? Puede que fuera así… ¿Pero de qué?

—Vuelve a la foto anterior —ordené. El policía se detuvo y pulsó una tecla. En la fotografía aparecía Blanca junto a mí.

—Esto no me gusta —dijo el policía —. ¿Tú? ¿De quién es esta memoria?

—No sé. Estaba conectado.

—Tendremos que esperar a que despierte —afirmó.

—¿Y si no? —pregunté.

—Te recomendaré un buen abogado.

*

Las horas pasaron y la noche se volvió silenciosa entre los pasillos del Hospital General. El roce de las suelas de las zapatillas de las enfermeras marcaban los compases entre silencio y silencio. Un teclado, una recepcionista con dos vasos de café en la mesa. Un buen momento para morir, aquí, pensé, rodeado de almas atrapadas entre las paredes, espíritus que se debaten entre la vida y la muerte, que luchan por quedarse o marcharse. Me asusté al pensar en la gente que, tras las puertas, intentaba salir de un coma, atrapados en un sarcófago dimensional, en otro lado, tan cerca y tan lejos a la vez. Me pareció verlos vagando por los pasillos, escondiéndose de sus familiares. Eran libres de tanto dolor, eran libres para siempre, pero se sentían débiles, cobardes, desorientados en un mundo nuevo. Los vi perderse entre las escaleras, saliendo por las ventanas, atravesando las paredes, y mientras, los demás, los pesados de carne y hueso, con litros de sangre y agua circulando, allí, sin saber que el paciente se había marchado por la puerta de atrás, despidiéndose a la francesa sin decir adiós. La idea me aterró y sentí un escalofrío. El oficial Rojo volvió con un vaso de café de máquina.

—Gracias —dije —. Acabarás aquí si continúas bebiendo esto…

—Al final, uno se acostumbra al sabor —contestó. Sus palabras me recordaron a Rocamora —: ¿Qué tienes en la cabeza?

—Demasiado —contesté.

—Por un momento… —dijo él —, pensé que todo mi trabajo se había ido a la mierda.

—¿No es así?

—No —dijo —. Escucha. Creo que intentan usarte.

—Gracias —contesté —. No lo había advertido.

—No seas idiota —dijo —. Piensa… ¿Por qué no lo

habrían hecho ya?

El policía tenía razón.

—Se les ha ido de las manos —dije —. No tiene otra explicación.

—Esas fotos son de antes —explicó —. Mucho antes de la llamada.

—Si empiezas así, he de decirte que es una locura.

—Tal vez —dijo dando un sorbo —. Ella como tú, sois los siguientes, sólo que tú…

—¡Yo no he hecho nada! —contesté interrumpiéndolo. La enfermera pidió silencio —. Ya te lo dije… Por cierto… ¿Qué hay en la caja?

El policía suspiró.

—Un carrete de película —dijo —. Una cinta.

—¿Eso es todo? —pregunté —. ¿La has visto?

—Sí —dijo —. Es bastante desagradable. Tu amigo Hidalgo era un degenerado.

—¿Cómo sé que dices la verdad? —pregunté poniéndome en pie con el café en la mano —. ¿Cómo sé que no mientes? Que no eres uno de ellos, otra pieza del diagrama…

—Soy la ley —dijo —. No seas estúpido, ¿quieres?

—Hago lo que puedo.

El silencio inundó la sala. Después se marchó con el paso de una enfermera.

—No te he preguntado hasta ahora, pero… —dijo Rojo —. ¿Qué hiciste, Gabriel?

—¿Hacer?

—Con esa chica —añadió —. Qué pasó con Estrella.

Una enfermera con bata se acercó a nosotros con dos vasos de plástico con agua. Era una chica joven con una sonrisa agradable y familiar aspecto.

—Cortesía del centro —dijo ella.

—Gracias —dijimos al unísono.

—Si me permiten —añadió —, tenemos que mantener la planta de urgencias en calma. Por favor, pueden esperar al otro lado.

—Está conmigo —dijo el policía y enseñó la placa —. Debemos esperar a que despierte.

—Son órdenes señor —dijo —. Si lo desea, puede hablar con mi supervisor, yo sólo soy una simple enfermera.

La chica nos miró con una mueca, señal de no querer saltarse las normas. Debido a su trato, Rojo no se opuso y le pidió que llamara a su superior mientras esperábamos en la otra sala. Caminamos hasta otro pasillo y nos acomodamos en unos bancos de plástico verde. La chica desapareció por la puerta y el silencio regresó a nosotros.

—Búscate una así —dijo Rojo —. Guapa, joven, dulce…

—Como tú, ¿verdad?

—Te equivocas —dijo el policía —. Yo no soy nada dulce…

Ambos reímos —: ¿Me vas a contar qué pasó?

Un bostezo inundó mi cuerpo. Me sentí relajado, plenamente relajado.

—Sí, claro… —dije —. Estrella… ¿verdad?

—Sí… esa… chica… —dijo el policía —. Esa… chica… joder… qué… sopor…

Otro bostezo relajó mi cuerpo profundamente. Los párpados caían, los ojos se cerraban. Sentí mis músculos pesados.

—Es… una larga… historia… —dije —. De verdad…

Rojo no contestó. Giré la cabeza como pude. Se había dormido. No me molestó, pues yo me sentí igual. No era mala idea, el cansancio nos había ganado.

Crucé los brazos y apoyé la cabeza en la pared. De pronto, al bajar los párpados, espirales de colores, nubes blancas, diapositivas en color sepia. Un collage de sensaciones visuales se mezcló junto a un ruido difícil de identificar. Ese zumbido, era la señal de que me quedaría dormido pronto. Moví los dedos, intenté despertar, pero era tarde. Sin quererlo, caí en un profundo estado de somnolencia. ¿Qué había sido del café? Qué importaba, necesitaba una cabezada. Los dos la necesitábamos. La pequeña siesta, haría la espera más corta. El resto, lo hizo mi actividad cerebral, al ver a Rojo como un niño, y lentamente me fui desdoblando de mi propio cuerpo, entrando en un sueño dorado que me transportó a otro plano.

*

Recuerdo un rostro, el rostro de la enfermera. Resultaba oscuro, impreciso. Parpadeos, luces rojas en el pasillo, sentado en la silla de plástico. El rostro de la enfermera, después el de Blanca, sin pelo, con la cabeza afeitada. Parpadeos nuevamente, la tonalidad de los colores cambia. Esa melodía instrumental. El cabello de Blanca sobre el pavimento.

Entonces pestañeé de nuevo y vi al oficial Rojo junto a un hombre con bata blanca y gafas. El hombre tenía la cabeza del tamaño de una pelota de rugby y la coronilla despejada. Todo recuperó su color, los movimientos resultaban pesados.

—¿Oficial? —dijo el hombre.

Rojo se había despertado.

—Oh, mierda… —murmuró. Después volvió la cabeza —: ¿Tú también?

Asentí.

—No mucha gente logra quedarse dormida en esos asientos… —dijo el hombre para romper el hielo. Rojo ignoró sus palabras y se dirigió a mí.

—He soñado algo —dijo sobresaltado al salir del malsueño.

—Yo también —contesté —. Ha sido ella, ¿verdad?

—¿Dónde está esa enfermera? —preguntó Rojo al hombre —. La que se encarga de esta sección.

—¿Qué enfermera? —preguntó.

—Alguien lo avisó de que estábamos aquí, ¿verdad? —dije —. Era una chica de estatura media, ni muy delgada ni muy gruesa, joven y con una sonrisa agradable.

—Lo siento —contestó aturdido —. No conozco a todo el personal de esta planta, pero podemos preguntar a la recepcionista. Ella fue quien me llamó.

—Tenemos que comprobar la habitación —dijo el oficial.

Un fogonazo golpeó mi sistema nervioso. Esa chica… Yo jamás olvidaba una voz. Había sido una trampa, un golpe de infortunio. Nos habían seguido.

—Nos han dormido, Rojo —dije.

—¿En serio? —dijo con sarcasmo —. Pensé que había sido el café.

No quise mencionarlo. Rojo se habría enervado más aún. Se trataba de la joven de la ceremonia, la chica inexperta que por primera vez iba a ser entregada a los deseos sexuales de los Hermanos del Silencio. Era ella. Pese a tener un recuerdo en la oscuridad, jamás olvidé su voz, tan dulce y suave, que pronto desaparecería para siempre. No podía ser otra. Mi sueño no había sido un viaje onírico sino el recuerdo inconexo tras los efectos narcóticos. Rojo habría sufrido lo mismo. El hombre llamó a una de las enfermeras que salió al paso y negó reconocer a la chica de la que hablábamos. Nos apresuramos a entrar en la habitación, esperando lo peor, que Blanca no se encontrara allí. Tuve la certeza de que encontraría mechones de pelo en el cuarto, dando fe a lo que había visto.

El oficial empujó la puerta de un golpe y entramos. Blanca permanecía en la cama, inmóvil, con el pelo brillante y hacia los lados, dejándose caer hasta los hombros.

—¿Qué sucede, oficial? —dijo el hombre —. ¿Es consciente de lo que hace?

Ninguno de los dos entendimos lo que había sucedido. Nos habían drogado, eso estaba claro.

—Debería controlar a su personal —dijo al hombre —. Anoche, una intrusa nos drogó, haciéndose pasar por empleada.

—Céntrese en su trabajo, oficial…

—Rojo.

—No permitiré que ande por aquí causando revuelo —dijo el hombre envalentonado —, y menos aún, en la sección de urgencias.

—Esa chica, Blanca Desastres… —explicó —. Estaré aquí el tiempo que haga falta. Se encuentra bajo mi vigilancia.

—Me parece estupendo, señor, pero las normas las cumplimos todos, incluso usted —dijo —. No me obligue a limitar sus libertades.

El policía me miró. Aquel hombre no parecía estar dispuesto a que Rojo se orinara sin pudor en su territorio.

—Está bien —dijo sacando una tarjeta con un número de teléfono —. Le encargo a usted, personalmente, que me llame si la paciente despierta. No puede hablar con nadie, ni recibir visitas. Queda bajo vigilancia policial.

—Como usted desee…

—Llámeme si sucede cualquier cosa —dijo —. Es una chica peligrosa y agresiva.

—Claro, no se preocupe… —dijo y guardó la tarjeta en el bolsillo de su pantalón sin prestarle la mínima atención —. Le mantendré informado.

Abandonamos el paso y nos metimos en el ascensor. Estábamos solos.

—Blanca no es agresiva —dije —. ¿Por qué has dicho eso?

—Los pacientes molestos no son bienvenidos —explicó —. Buscarán deshacerse de ella lo antes posible.

—¿Crees que llamará? —pregunté.

—No lo sé.

—¿Puede ser uno de ellos?

—Quién sabe —dijo —. Quizá me esté volviendo paranoico.

—¿Sabes? —dije avergonzado —. Dudo que hubiese nadie, ya sabes, anoche…

—¿Crees que me lo he inventado? —preguntó molesto.

—No —contesté —. Estábamos cansados, Rojo, sólo eso… Un mal sueño.

—Entonces, explícame por qué soñamos lo mismo.

—Nada nos asegura haber tenido el mismo sueño —dije —. ¿Qué importa? La chica está ahí y eso es lo que importa.

—Puede que tengas razón… —murmuró —. Todo esto nos está desquiciando.

—Necesitas un trago —dije cuando el ascensor llegó a la

planta cero —. Eso es todo.

Lo que realmente necesitábamos era dormir con alguien, con una mujer. Una noche de sexo, de alcohol, de quemar las ruedas y olvidarlo todo. No tenía la confianza suficiente para dirigirme así.

—¿Hay algo abierto a estas horas? —dijo mirando el reloj. Eran las 3 de la madrugada.

—¿Bromeas? —pregunté —. En esta ciudad hay lugares que nunca cierran.

Y   así   era.

14

Regresamos al barrio, al viejo barrio, a la plaza de toros, a la humedad de la brisa que procedía del mar. En las paradas de autobús se podían encontrar jóvenes borrachos y adormecidos, esperando al bus nocturno que los llevara a casa. Éxtasis y gritos, el barullo de una noche que sólo había empezado. Como dos vaqueros en pleno oeste, pisábamos tierra merodeando, eligiendo dónde meternos. Divisamos un pub irlandés con motos Harley Davidson en la entrada. Un skinhead que bebía cerveza en la acera nos miró. Seguimos calle abajo y encontramos gente en las baldosas, apoyada en los coches. Parejas besándose, desconocidos metiéndose mano y tal vez, un poco de polvo mágico para aliñar las horas. Sentí la tensión de los músculos del oficial, que no lograba desconectar.

—Déjalos —le dije —. Hoy no salvarás el mundo.

Llevaba el deber dentro de las entrañas. ¿Qué diantres hacía yo paseando con un madero? No tenía nada en contra de los cuerpos de seguridad del Estado, aunque reconozco que nunca me causaron simpatía. Los policías estaban tan estereotipados que resultaba difícil deshacerse de los clichés, hablar sin ataduras. Nunca sabías cuándo la diversión acabaría. Rojo me demostró que los clichés eran ciertos. Aunque fingía estar relajado, su postura seguía siendo la misma: paso recto, caminando como un vaquero y las manos sobre la correa. No era muy difícil llamar la atención, y supongo que el uniforme era más que un conjunto de prendas, se trataba de algo mimético, pegado a la piel. La noche no pintaba bien. Me imaginé a mí mismo horas después, borracho sobre una barra, bajo la mirada de un Terminator sobrio y aburrido, echándome un sermón digno de un padre.

Entramos en una cafetería que había junto al mercado de abastos, un bar que permanecía abierto las 24 horas. Lo que encontramos allí, era digno de fotografiar con todos esos aparatos tecnológicos, con la precisión de un cineasta para después difundirlo en la red. Pero no, lo cierto es que era una imagen tan decadente y real, que no tenía cabida en internet. Decadencia, una vez más, y todas las que hicieran falta. No existía mejor definición. Una barra metálica propia de bar con un serpentín en el centro tirando espuma. Mesas y sillas de plástico cuadradas patrocinadas por una marca de café. Una cafetera industrial echando humo, una plancha y un horno para descongelar el pan. La carta era escueta y las posibilidades de beber eran más amplias que las de ingerir algo. Pedimos dos sándwiches de jamón cocido y queso fundido, algo que nunca falla en un bar a esas horas. Observé a la clientela que no tenía desperdicio. Por una vez, empleados, universitarios, turistas, borrachos y drogadictos, todos juntos en la misma fiesta. El lado oscuro, el baile de máscaras o la parte que no se mostraba en las redes sociales. Así era cómo lo pasaban bien y no toda pose pensada que llenaba los muros con fotografías. Eché de menos el confeti, porque la estampa era propia de un relato de Hunter S. Thompson. Esas eran las imágenes que nunca saldrían a la luz, el llanto en las cavernas. Chicos y chicas que rozaban la veintena, con los ojos enrojecidos, ebrios como el peor de sus vecinos. Bien vestidos, rodeados de cervezas y cafés, besos y cigarrillos, rompiendo la noche, las normas, apurando los minutos de un sol que los devoraba como si fueran vampiros. Una estampa que las familias, ancladas en otros tiempos, rememorando el pasado, jamás reconocerían mientras en sus casas escuchaban la televisión y mojaban las porras en el chocolate. Una secuencia que se repetía a diario en cada hogar, en cada ciudad. Eran los tiempos que corrían y no era más que una desnudez del alma, de un acto honesto y puro que, afortunadamente, quedaría ahí, en el vago recuerdo, los baños con vómitos y los vasos de tubo con barra de labios. Nadie pediría perdón, pues faltaba un cartel que dijera prohibido hacer fotos, pero pese a toda la embriaguez que llevaban encima, en lo más profundo de sus almas, sabían que no estaba bien, que aquello quedaría ahí para regresar pronto, como un secreto, un tesoro escondido. Como todo en la vida, aquel tipo de bar tenía fecha de caducidad en sus vidas. Las responsabilidades llegarían y las noches de jarana terminarían para siempre, así como las visitas inesperadas. Perdurarían los borrachos, porque los yonquis se irían por falta de pan o de vida.

El ruido de la gente, los platos que caían al suelo haciéndose añicos, risas de chicas borrachas, el yonqui que gritaba para que le pagaran un zumo, la nube de aceite asfixiante. Rojo estaba pálido, parecía haber cruzado las puertas del averno.

—Esto es… extraño —dijo —. No sé cómo hemos acabado aquí.

—Relájate, ¿quieres? —contesté con humor —. Esto es la vida real. A estas horas… ¿Qué esperas? ¿Un bar como en las películas de Tarantino?

—Toda esta gente —contestó —. Me produce estupor.

El camarero dio varios gritos a un hombre desesperado que terminó marchándose no sin antes, darle una patada a una mesa. Después se acercó a nosotros.

—Gente de mierda —dijo el camarero —. ¿Qué vais a beber?

—DYC con Coca-Cola —dije señalando a una botella en el estante.

—Vodka con Sprite —contestó Rojo —. Sólo un poco de Sprite, por favor.

El camarero nos miró escéptico. Estábamos sobrios, despiertos y con una apariencia distinta al resto. El hombre se fue hasta las botellas, sacó dos vasos con hielo y preparó las bebidas delante de nosotros.

—Son diez euros —dijo el camarero.

Rojo sacó un billete antes de que me diese tiempo a coger

mi billetera.

—Por tus servicios —dijo Rojo con complicidad.

—Gracias —contesté y levanté el vaso a su salud. Brindamos tímidamente y dimos un sorbo. Estaba fuerte, sabía a combustible. Las papilas gustativas despertaron, mi esófago vibró. Sentí el líquido fresco, mezclado, burbujeante, cayendo en mis tripas —: Pensé que tomarías un zumo de naranja.

—Pasé un tiempo en Helsinki —explicó —. Allí sólo tenían esto. Me acostumbré.

Sus palabras me sorprendieron. El oficial era también un hombre de mundo. Me contó un poco sobre su experiencia allí y la vida con los finlandeses. También me dijo que le gustaba Triana y el rock duro de los años 70 y 80. No pregunté qué hizo durante su estancia, tan lejos, tan frío. Él me lo explicaría —: Sabes... Todo este caso, me empieza a cansar... Siempre hay algo, alguien. Siempre hay una razón que lo desordena todo, que me hace desconfiar de mi intuición. He jugado a esto ya antes, ¿entiendes? Algo se nos escapa... ¿Qué sabes de Violeta?

—Es la esposa de Cornelio —dije —. Pagó mi fianza, pretendió utilizarme.

—¿Con qué fin?

—Con varios, supongo... —dije y me sonrojé —. Fue ella la que me mandó a la ceremonia, la que me contó acerca de los rituales. También me advirtió de Cornelio y lo que le haría a Blanca.

—Es una mujer atractiva —dijo el policía —. ¿Tuvisteis sexo?

—¿Acaso crees que soy tan predecible?

—Sí —dijo —. ¿Te acostaste con ella?

—Está bien, sí... —dije y me reí, pero no pareció hacerle gracia —. Habíamos bebido. Pensé que un poco de diversión no vendría mal.

—Eso fue muy estúpido por tu parte —dijo.

—Estúpido hubiese sido perder la oportunidad.

—Te crees muy listo, ¿verdad? —dijo y dio un sorbo. El

tono de su piel comenzaba a tomar color. Le sentaba bien beber, parecía más agresivo, más vivo, más real —: Esa mujer se acostó contigo por algo.

—Tengo mis encantos —contesté —. A lo mejor sólo quería un restregón.

—Escucha, Gabriel —dijo acercándose a mí. Olí su aliento amargo —: Esa mujer te ha utilizado con un fin. Estás programado para algo, lo supe en cuanto te vi allí.

—¿Estás de broma? —pregunté ofendido. Me incomodó la idea de ser tratado como un muñeco de trapo —: No soy un puto microondas. Tengo cabeza.

—¿A dónde fuiste la noche de la fianza? —preguntó Rojo. Los emparedados se habían enfriado. Pedimos dos copas más. El bar se fue vaciando lentamente, quedando sólo nosotros. El jaleo cesó, las ratas volvían a sus agujeros —: Es importante que me digas dónde estuviste.

—Fuimos en una lancha —contesté —. A Tabarca. Un hombre nos condujo. Debió ser su chófer, o su mayordomo. No sé... Él hizo todo lo que ella le ordenó.

—¿Recuerdas la casa?

—Más o menos —contesté —. No parecía suya. Había ropa de hombre, como si fuese una casa de vacaciones. Todo un poco extraño. Me di cuenta de algo... Tenía planeada mi visita, ¿sabes? Como si ella supiera que yo estaría allí, que accedería. Sinceramente, no tuve más opciones... Reconozco que me dejé llevar.

—¿Qué pasó después?

—¿Quieres los detalles? —dije.

—Tras el sexo —matizó.

—Nos dormimos —expliqué —. Me quedé dormido. Ella me acarició. Sentí una nube en mi cabeza, un zumbido en mis oídos... No entendí lo que decía, no presté atención, pero me susurraba algo... Esa noche tuve sueños extraños por culpa del alcohol. Me pasé un poco, la verdad.

—¿Y después?

—Nada —dije levantando los hombros —. Cuando desperté, se había marchado. El hombre me llevó hasta el puerto y desapareció también. No volví a saber de ella.

—Recuerdas el barco, la casa, algo…

—No —dije. Era cierto. Tenía un vago recuerdo de los detalles —: Es absurdo, lo sé, pero no puedo.

—¿Te dijo que era psicoterapeuta? —preguntó Rojo.

—No… —contesté sorprendido y di un trago más largo —. No me dijo nada.

El oficial sacó su cartera y buscó en uno de los bolsillos. Sacó una foto de papel impresa a color, plastificada. Parecía una fotografía antigua y me la entregó. Eché un vistazo. Un grupo de mujeres abrazadas por la cintura en una montaña. Todas con un aspecto desaliñado, deportivo y sonrientes. Debían encontrarse en la cima de un lugar alto. Un lugar precioso en un día soleado y caluroso por el aspecto de sus prendas. Miré fijamente hasta que reconocí un rostro. La mujer de la izquierda. Era ella, la mujer que había en el cuadro de la oficina, la esposa del oficial.

—¿Es una foto suya? —dije —. Tu mujer, ¿verdad?

—Sí —contestó limpiándose la frente con una servilleta y dando un trago —. Fíjate bien.

Di otro vistazo a las chicas. No vi nada.

Rojo puso un trozo de papel sobre la cabeza de la mujer rubia que abrazaba por la cintura a su esposa. Una mujer delgada con una sonrisa agradable y seductora. Al verla sin cabello, encontré un detalle familiar. Después me fijé en la proporción de sus piernas y brazos. Conocía aquella silueta, aunque más pálida entonces. Era Violeta.

—No puede ser cierto —dije levantando la mirada —. ¿Es ella?

—Sí —afirmó dolido —. No me di cuenta hasta que vi de nuevo el diagrama.

—¿De cuándo es esta foto? —pregunté —. ¿Qué relación tiene con tu esposa?

—Estas son las mujeres que desaparecieron voluntariamente —explicó —. Violeta es una de ellas, y si la encontramos a ella, podré saber dónde se encuentra mi esposa.

—¿Qué hay de los crímenes? —pregunté. Entendí por qué Rojo había tomado aquel caso tan personal —: Espero que tengas alguna de tus teorías.

—Después de esto, creo que he llegado a una conclusión… —dijo y pidió un bolígrafo al camarero. El hombre, intrigado por nuestra presencia, sacó uno del bolsillo de su camisa y se lo entregó al policía —: ¿Estás preparado?

Cuando parecía que el agujero se hacía más y más grande, el oficial Rojo apareció con una hipótesis que tumbó mis ideas. Sin encontrarle sentido a las fotografías que había en el ordenador de Blanca Desastres, el policía y entonces compañero de barra, se sinceró con pasajes de su vida que yo había deseado escuchar todo ese tiempo. Tras la desaparición de su mujer, entró en un estado de psicosis. Creía verla a menudo, en los lugares que frecuentaba, confundiéndola con otras mujeres. El tratamiento le llevó años hasta que entendió que era una proyección de su mente, que su esposa nunca volvería y que debía pasar página. Varios años más tarde, el caso se reactivó al encontrar uno de los cadáveres de las chicas. El círculo se cerraba y uno de los tickets que encontraron en los bolsillos del pantalón, procedían de un R-Kioski finlandés. Su periplo en Helsinki tuvo una razón y era su esposa. Rojo viajó hasta la capital finlandesa siguiendo el rastro de la investigación, con tal de dar con algún sujeto relacionado con la desaparición de su mujer. El rastro le llevó hasta una ciudad fría junto al mar y un seminario de cambio de creencias. Allí conoció a Violeta, una joven terapeuta española de padre noruego y asentada en Madrid que completaba su formación para ayudar a sus pacientes. O eso decía. Ambos desconocían la conexión que había entre ellos. Compartieron varios cafés junto a otra gente y la mujer se marchó tras el seminario. Decepcionado, Rojo regresó abrumado con la pesadumbre de haber perdido el tiempo y sin encajar las piezas que guardaba. Una mañana de otoño encontró una fotografía entre las cajas de su esposa. Intentó contactar con ella a través de internet, pero no hubo forma. No existía esa mujer, no había entrada indexada en la red. Dos años después, creyó coincidir con ella en pleno centro de la calle mientras el oficial hacía una ronda rutinaria. Pensó que se trataba de una alucinación. Entonces, Violeta era todavía rubia y su piel continuaba siendo pálida como en la foto.

Los casos de abusos y la conexión con sectas se disparó tras la crisis económica. No sólo en España, sino en toda Europa. La desesperación de la gente los llevó a creerse cualquier patraña psicológica. Los informes se amontonaron en el despacho del policía y poco a poco, Rojo entendió que su mujer se había marchado para siempre, como otras muchas personas, unas vivas y otras no.

Finalmente, el oficial presentó un dossier en el que mostraba la similitud en el modo de operar de las organizaciones descubiertas. Las causas siempre eran económicas, sexuales y de poder. La mayoría de ellas, lideradas por hombres que usaban a las mujeres como mercancía para alcanzar sus intereses. Sin embargo, una constante se repetía siempre. Mujeres desaparecidas voluntariamente. Mujeres de clase media, estudiantes, madres solteras. Todas sin paradero. Al poco tiempo, en cualquier lugar del mapa, aparecerían cuerpos arrastrados por la marea, colgados como longanizas en habitaciones de hotel, apartamentos alquilados o simplemente arrollados en las vías del tren. Rojo no podía dejarlo, se resignaba a creer que su mujer no volvería. Sabía que estaba en algún lado y excusándose en la investigación, daría con su paradero algún día. Desafortunadamente, el caso quedó sellado así como su trabajo de años y todo fue directo a un archivo regional en el que acabaría carcomido por las chinches.

Rojo estaba convencido de que Violeta era un eslabón, un acceso a un estadio superior. Cornelio era un chapuzas que había entendido el peligro de las técnicas de hipnosis sobre los más débiles. Violeta, sin embargo, era una embajadora de una red mejor formada, y venía a reclamar lo que era suyo. Rojo estaba convencido de que operaban así por todo el mundo y que más allá de excusarse en una venganza, pretendía tomar el control de los Hermanos del Silencio, deshacerse de Cornelio y llevarse con ella a Blanca.

Tras su historia, no reparé pedir un vaso de agua. Sentía las burbujas de la Coca-Cola en mi cabeza y el whisky me hacía efecto desde hacía rato. Puede que Rojo estuviese borracho como yo y se le hubiese disparado la lengua, mezclando hechos con suposiciones, recuerdos con delirios, pero tenía que creerlo. El bar estaba vacío, lo miré a los ojos y no pude encontrar el blanco, sólo su cuerpo. Sin cambiar de posición, seguía allí, tieso como un poste telefónico, apalancado en el taburete. El sol calentaba las aceras, los comercios ya habían abierto y entonces entraba algún que otro desempleado a tomar una cerveza.

—Creo que es hora de irnos a casa —dije.

—Vamos a tomar la última —contestó serio, haciendo un esfuerzo por encajar las sílabas —. Hay más.

—Suficiente por hoy, oficial —contesté y lo cogí por el hombro —. Te pediré un taxi.

—Descuida… —dijo tambaleándose. Era gracioso —: Todavía soy capaz caminar…

Levanté el brazo, lo metí en un Mercedes blanco y se perdió al girar la esquina. Pagué y me despedí de aquel bar, con un cigarro arrugado en la boca y caminando en dirección al apartamento, dándole vueltas a sus palabras. El calor picaba en mis extremidades. El cansancio, el alcohol y la deshidratación, adelantaron mi resaca. Necesitaba mojarme, meterme en la ducha. Pensé en ello, me imaginé entrando vestido, sin descalzarme. Cerca de casa, metí la nuca bajo el chorro fresco de una fuente pública. Fue intenso, placentero. La parte trasera de mi cabeza se encontraba suspendida en el aire. La gente me miraba, juzgándome por la tensión de sus arrugas faciales.

Intentando entrar en el portal, el juego de llaves resbaló de mis manos y cayó sobre la acera. Al agacharme, giré la cabeza y vi a una mujer.

—¿Clara? —dije en voz alta —. ¿Eres tú?

La mujer giró la esquina. Estaba borracho, o quizá no tanto.

Escuché el sonido digital de una cámara de fotos, posiblemente de un teléfono móvil.

Recogí las llaves y abrí la puerta.

Entré en el apartamento y me senté en el sofá. Un yunque gravitacional cayó sobre mí, aplastándome allí. El teléfono móvil, comenzó a sonar sobre la mesa.

—Mierda, ahora no —dije dirigiéndome al aparato —. Deja un mensaje.

La llamada cesó, me arrepentí de no haberla cogido. Conforme mi mano hizo un amago de levantarse, los músculos se volvieron más y más pesados, mi cabeza se echó hacia atrás y caí en una profunda nebulosa de voces, imágenes   y   sueños.

15

El teléfono volvió a sonar, me costó abrir los ojos, todo permanecía igual que antes de cerrarlos. ¿Realmente había dormido? Ese era el precio a pagar. Descansar a deshoras, en verano y con la resaca de una noche demasiado larga. Mi ropa apestaba, el ambiente estaba cargado. El cuello de la camiseta húmedo por el sudor de mi cuerpo. Un olor agrio llegó a mis fosas nasales. El viejo teléfono móvil se movía en la mesa, incansable, como un consolador con las baterías cargadas. Esa melodía, insufrible, terrorífica. Me moví como pude hasta alcanzar el aparato.

—¿Sí? —pregunté. Sonó el timbre de la puerta. Al otro lado del altavoz, escuché una respiración —: ¿Quién es?

—¿Estás despierto? —dijo. Era el oficial —: He descubierto algo, tenemos que movernos.

El timbre de la puerta volvió a sonar.

—¿Qué ocurre? —pregunté. La cabeza me daba vueltas —: ¿De qué se trata?

Caminé hasta la puerta y comprobé por la mirilla.

Era Clara, no eran alucinaciones, era real.

—No le digas que estoy aquí —dijo al otro lado de la puerta con una voz tétrica, casi sin vida.

—Vamos a irrumpir en la próxima ceremonia —dijo Rojo excitado —. Un equipo de mis hombres está preparado… He hablado con otros oficiales, podemos hacerlo, podemos acabar con el sufrimiento de esas chicas.

—Clara está aquí —susurré en silencio. El timbre volvió a sonar —: Ha venido a mi casa.

Caminé al salón y miré por el balcón, pero no había nadie cerca del edificio. Todo parecía muy extraño.

—¿Cómo? —dijo —. No le abras. Espérate ahí, llegaré en un momento.

Volví a mirar por la puerta, pero ya no había nadie.

—Mierda… —dije —. Ven tan pronto como puedas.

—¿Qué sucede? —preguntó —. Quédate en el sofá, enviaré a alguien.

—Debe haberse largado… —dije —. Me pareció haberla visto esta mañana, antes de entrar. ¿Qué hora es?

—Las cinco —dijo —. Puede que haya sido una mala jugada de tu cabeza.

—Joder, no me jodas, Rojo… —contesté ofendido —. He escuchado el timbre.

—No seas idiota —exclamó el policía —. Estate quieto, pégate una ducha y espérame.

—Está bien dije y colgué. Tuve la sensación de no estar solo sino junto a una sombra, una presencia que aumentaba conforme guardaba el teléfono en mi mano. Lo apreté con fuerza, quienquiera que fuese, se llevaría un revés de mi puño. El corazón latía sin parar.

—No te muevas —dijo. Era Clara. Sentí un ligero golpe en mi cráneo, un objeto metálico se apoyaba en él. Me estaba apuntando —: Te dije que se lo dijeras.

—¿Cómo has entrado? —pregunté.

—Te visito desde hace algún tiempo —explicó —, y tú ni siquiera te has dado cuenta.

Ordenó que caminara hasta el salón y me sentara de nuevo en el sofá. Entonces vi su rostro. Clara había cambiado de imagen, ya no era morena, sino pelirroja y usaba lentes de contacto de color azul. También había cambiado de vestimenta, pretendiendo parecer una de tantas chicas modernas que podía encontrar en Kraken una noche de verano. Sacó un cigarrillo de sus vaqueros rotos por las rodillas y lo encendió, apuntándome con una pistola —: ¿Por qué no me hiciste caso, Gabriel? Mira cómo hemos terminado.

—Sé quién eres —dije —. No te llamas Clara, y tampoco eres española. Dudo mucho que te importara Hidalgo. También sé que eres una de las mujeres desaparecidas que busca el oficial Rojo, ¿verdad?

—Cállate —dijo —. Deberías haberme hecho caso. Hombres, ese es vuestro error... ¿Por qué lo hacéis? ¿Por orgullo? ¿Por conseguir la medalla al mérito? Sabes, tu amiguito era igual que tú, un sabelotodo, un listo... Gabriel, me caías bien, de verdad, pero la has cagado y no puedo perdonarte.

—¿Qué vas a hacer? —pregunté insolente aunque estaba aterrorizado —. ¿Vas a obligarme como hiciste con Hidalgo? ¿Vas a empujarme al suicidio?

—No tengo tiempo para tu insolencia —dijo moviendo el arma —. Muévete.

Salimos del apartamento y caminamos hasta la terraza del edificio. Un día soleado, se podían observar muchas de las terrazas de los edificios que había en la ciudad. A lo alto, la montaña y el castillo y a lo lejos la profundidad del horizonte. Entre ropa tendida, caminamos hasta una valla de cemento y pintura que cercaba los límites de las baldosas de color ladrillo. La brisa del mar llegaba hasta nuestros rostros. Agradable, fresca y suave. El cabello rojizo artificial de Clara se movía como una medusa, tapándole parte del rostro.

—Súbete —dijo —. Vamos, hazlo.

Miré por la valla, desde lo alto, y vi el vacío, la calle, los coches, la gente que iba a comprar como cada mañana, los tipos del bar de abajo y la ignorancia colectiva.

—No —contesté resignado —. Tengo vértigo. No puedo saltar.

—Sólo te he pedido que subas —contestó —. Si no lo haces, juro que te disparo.

Debido a la tensión, pude apreciar su acento en la pronunciación, un acento fuerte al hablar rápido, detalle propio de los rusos.

—¿Por qué yo? —pregunté —. ¿Por qué me elegiste a mí?

—Ya lo sabes —contestó —. Fue él, me lo dijo Hidalgo. Sabía que eras fácil de manejar.

—¡Serás puta! —dije envalentonándome pero me advirtió con un gesto —. La policía llegará, no saldrás con vida. Márchate ahora.

—Yo soy quien da las órdenes —dijo —. No es la primera vez que hago esto. ¡Súbete!

Su mano sujetaba con fuerza el gatillo. Me senté en la valla y subí lentamente. No miré abajo, no quería, sentía el miedo en mí, sabía que lo próximo sería salta, o simplemente me empujaría ella. Supuse que aquel era mi final y que yo mismo me lo había buscado.

—Dime una cosa —dije —. Fuiste tú, ¿verdad? Fuiste tú quien mató a Estrella.

—No —dijo —. Sólo me encargué de Hidalgo… Fue entonces cuando me di cuenta de que no estaba sola.

—¿Sola? —pregunté —. ¿Qué quieres decir?

—Está bien —dijo sonriendo —. Será lo último que te cuente.

—¿De qué hablas?

—Pensé que lo sabías —dijo ella —. Violeta. Ella es quien está detrás de todo y quien intentó e intentará acabar conmigo, con Cornelio, con todos, hasta llevarse a la chica…

—¿Blanca? ¿Por qué Blanca? —dije. Rojo tenía razón, su teoría era cierta. Tenía que salvarme, contárselo a él, pero los milagros no existían, aunque yo creyera en ellos.

—Gírate —dijo y así hice y vi el resto de azoteas, y la calle, y nadie se dio cuenta de que yo estaba allí como un espantapájaros, a punto de tirarme al vacío —: Ahora, salta.

De pronto, se escuchó una puerta que se abrió.

—¡Alto! —gritó una voz familiar. Era Rojo, junto a tres policías. Desaparecieron entre los tenderetes. Salté contra el suelo. Clara me disparó pero falló en su tiro. Corrí entre la ropa y escuché otro impacto, más cercano. La bala se encajó en un ladrillo. Después escuché un tiroteo y se hizo el silencio. El corazón se salía de mi garganta, la adrenalina me impedía sentir el dolor de la rodilla, que sangraba con la carne rosada tras la caída. Caminé sigilosamente entre la ropa hasta que di con un charco de sangre que corría por las baldosas. Tenía miedo, no sabía de quien era.

—Di adiós a tu amiguito —dijo Clara a mis espaldas. Estaba herida en un costado y me apuntaba con un arma.

Levanté las manos y cerré los ojos.

Me mordí la lengua hasta sangrar.

Escuché varios disparos.

Clara cayó al suelo.

Levanté los párpados y vi su cabeza a escasos metros, con la mirada desencajada y un chorro de sangre oscura salía por su boca.

—¡Joder! —gritó Rojo.

Los policías se acercaron al cuerpo.

—Está muerta —dijo uno de ellos tomándole el pulso.

—¿Estás bien? —preguntó Rojo.

—Creo que sí —contesté. Vi en su rostro que estaba dolido por la pérdida de la joven. Nunca se acostumbrarían a ello y mucho menos, a ver morir a alguien. No obstante, su dolor iba más allá. Rojo había perdido una pista valiosa. Clara sabía más de lo que imaginamos y ella le hubiese podido ayudar a encontrar a su esposa —: Déjalo, ¿quieres? Ya está.

—Estoy harto —contestó —. Estoy hasta los cojones de todo este asunto… Sea lo que sea, vamos a terminar de una vez.

—¿A qué te refieres? —pregunté. Su enfado aumentaba, lo

notaba tenso —: ¿Tiras la toalla?

Rojo miró la pantalla de su teléfono y se giró a sus compañeros.

—Llamad a central y ordenad que se preparen. Necesito diez hombres —dijo —. Esta tarde irrumpiremos. No se puede escapar nadie, lo quiero todo bien atado, ¿entendido?

—¿Qué haces? —dije —. Precisamente esto es lo que no querías…

—Se acabó —contestó. El sol del cielo reflejaba en la placa de su cinturón —: Tú te mantendrás al margen de esto.

—¿Cómo dices?

—Sí —repitió —. Estás fuera, entiéndelo, Gabriel.

—No, no entiendo nada.

—No quiero ver a más personas morir —explicó —. Eso es lo que tienes que entender. Vamos a cerrar este caso, a meterlos en la cárcel. Vamos a terminar con todo de una vez.

—La estás cagando —contesté —. Lo vas a mandar todo a la mierda.

—No hay nada que discutir —dijo el policía resignado —. Procederemos así… Gracias, de todos modos.

—Vete a la mierda —dije y salí del edificio a paso ligero. Estaba cabreado, muy enfadado. Quise golpearle en la cara una y otra vez hasta que no se reconociera en el espejo. Me había tomado el pelo, el muy cabrón. ¿Qué haría yo entonces? Había perdido mi puesto de trabajo, mi vida. Me encontraba atrapado en una encrucijada personal de la que no sabía cómo salir. Podía dejar que la policía se encargara de todo y poco después, salir a la calle sabiendo que volvía a ser un lugar seguro. Buscar un trabajo, de camarero, siempre había sentido curiosidad por poner copas y hablar con la gente en las barras, y tampoco descartaba la idea de vender perritos calientes ambulantes. Pero eso no era lo que realmente deseaba. Había llegado hasta allí por un motivo. Primero, por un amigo muerto. Después, por una chica. Me sentía como en Matrix tras tomar la jodida pastilla roja. ¡Cuánto me habría gustado tragarme un bote de jodidas píldoras azules y morir de ignorancia! ¡Eso era lo que realmente quería! ¡Tomar la pastilla azul! ¡Vivir como el resto! ¡Ser un jodido energúmeno de por vida! ¡Así sería feliz!

Los latigazos de la resaca golpeaban en la parte trasera de mi cabeza como latas de refresco en un coche nupcial. Bajé las escaleras, abandoné mi edificio dejando a la policía detrás y cogí el primer autobús que pasó. El maldito tráfico de la mañana me obligó a discutir con el conductor para que me dejara salir. Bajé en mitad de una fila de coches en pleno centro de la ciudad y corrí, corrí con las gafas de sol puestas y la camisa abierta hasta el pecho, corrí por las calles saltándome los semáforos en rojo, dejando los pasos de cebra sin color y empujando a los viandantes que se cruzaban en mi camino.

Entré en un edificio, saludé al conserje y ese día preferí las escaleras.

Respiré el aire frío y sintético que salía del aparato de refrigeración. De nuevo, estaba allí, en la redacción de Las Provincias, el lugar al que solía acudir para trabajar. Como si hubiesen pasado años desde la última vez que había pisado el lugar.

Como en cualquier diario, podías irrumpir con una bomba en tus manos y nadie se daría cuenta, siempre y cuando no enseñaras las piernas y llevaras una talla grande de sostén. Ninguno de los empleados se levantaría a saludar, ni siquiera a invitar a que me fuera. Vi al becario y lo cacé echándome un ojo por encima de sus monturas, oculto tras la pantalla del ordenador.

—¡Tú! —le grité al verlo descolgando el teléfono fijo. Estaba asustado, posiblemente advirtiendo de mi presencia a alguien —: Deja eso, ¿quieres?

Colgó el teléfono.

—No puedes estar aquí —dijo temblándole la voz —. Tendré que llamar a seg…

—¿A quién? —interrumpí —. No vas a llamar a nadie. ¿Dónde está Ortiz? ¿Está en su oficina?

—Puedo avisarlo.

—Ya lo hago yo —dije y caminé hasta su despacho. Me planté frente a la puerta y la abrí de un golpe.

—¿Qué cojones? —dijo extrañado —. ¡Tú!

Me abalancé contra él y lo agarré del cuello. Lo había cogido desprevenido, indefenso como un pato fuera del agua. Lo arrastré hasta la persiana metálica y después lo arrinconé contra la pared.

—¡Hijo de perra! —dijo intentando golpearme.

—¡Eres uno de ellos! —dije —. Maldito cabrón… ¿Dónde está la chica? Venga…, dime… ¿Dónde está la chica?

—Vete a tomar por el culo, Caballero —dijo ahogado —. Te voy a hundir, hijo de puta, estás acabado.

Conforme terminó, levanté su cuello y le dirigí un puñetazo contra su rostro. Ortiz cayó hacia atrás. La mano me dolía, escuché un crujido, creí haberme roto algo, pero estaba equivocado, había sido su pómulo. Estaba enrojecido, abierto. Ortiz se cubría la cara y gritaba.

—¡Dime dónde está la chica! —grité y lo agarré del suelo. Ortiz temblaba de dolor aunque no parecía asustado.

—Pierdes el tiempo, Gabriel… —contestó limpiándose la cara hinchada —. Yo que tú, me iría bien lejos… Te has pasado de listo esta vez…

—Dime dónde está Blanca —dije mirándolo a los ojos —. No me obligues a hacerte daño.

—¿Tú? —preguntó —. ¿Qué quieres? ¿Dinero? ¿Es lo que quieres? Eres patético.

Estallé. Simplemente, exploté de odio.

Tembloroso, arrinconado como un siamés asustado, allí estaba Ortiz. De pronto, comenzó a reír y reír. Caminó hasta su escritorio y se sentó en la mesa, como si yo no existiera.

—Pobre bobo… —dijo limpiándose la sangre con un pañuelo de tela —. Ahora déjame en paz, tengo trabajo.

Cogí el abrecartas que había en un bote metálico, después

agarré su brazo, tenso, desobediente, lo apreté contra la mesa y antes de que se diera cuenta, atravesé la parte exterior de su mano derecha con el abrecartas.

Se escuchó un fuerte grito.

Lo saqué manchado de sangre y se lo volví a clavar, así hasta tres veces.

Un ruido estremecedor.

Las lágrimas caían por su rostro inflamado.

—Dime dónde está la chica —dije —. No me obligues a hacerte daño.

Ortiz no contestó. Lo agarré del cuello de la camisa y lo levanté un palmo para dejarlo caer. Lloraba como un niño cuando vi en su pecho un tatuaje. Le abrí la camisa. Era un mapa, un mapa de una isla. No era el tipo de persona de la que podía esperar algo así.

—Déjalo estar —dijo agotado —. Esto te queda demasiado grande.

—Dime cómo llegar —dije.

—Tendrás que averiguarlo tú solo —dijo.

Saqué de un tirón el abrecartas manchado y se lo clavé de nuevo.

*

Al llegar a la sede de los Hermanos del Silencio, encontré un despliegue policial en el interior del local. Los curiosos bordeaban la zona. La cafetería de la calle se convertía en la sala de prensa de los periodistas. Dos furgones aparcados, las puertas de par en par frente a la entrada. Agentes por todas partes: tomando declaraciones, llevando detenidos a los furgones, rompiendo muebles, abriendo cajas y metiendo documentación en bolsas.

—¡Oiga! —dijo un agente deteniéndome en la entrada—. Usted no puede estar aquí.

—Busco al oficial Rojo —dije.

—Tendrás que esperar, como los demás —contestó el policía.

—No vais a encontrar nada —dije intentado pasar al interior —. Dejadme hablar con Rojo.

—Te he dicho que tendrás que esperar —contestó apuntándome con una porra —. No me pongas nervioso, ¿entendido?

—Estáis perdiendo el tiempo —contesté.

Traté de llamar por teléfono al oficial, pero la línea parecía ocupada. Los escasos miembros que salían del centro eran en su mayoría hombres. Tranquilos, caminaban esposados con los rostros tapados por chaquetas para evitar las fotografías de la prensa. Nadie sabía qué había ocurrido, nadie, excepto yo. De pronto, las abuelas del barrio comenzaron a chismorrear. El rumor llegó hasta la puerta. Una versión modificada por ellas se hizo más y más fuerte. Hablaban de sectas, de rituales satánicos.

—¡Hijos de puta! —gritó un hombre desde la impotencia sin saber muy bien por qué —. ¡Menuda panda de hijos de puta!

La calle se convirtió en un alboroto. Llegaron más coches de policía, de periodistas, una ambulancia. Desmayos, madres de chicas detenidas.

—¡Esto es un escándalo! —dijo una mujer desde un balcón —. ¡En qué mundo vivimos! ¡Dios mío!

Entonces apareció el fornido inspector, apretado en su camiseta de color granate y el cabello oscuro, engominado hacia atrás. Los periodistas se lanzaron a él con preguntas. Los compañeros intentaban apaciguar la situación, pero Rojo sólo decía que pronto habría una rueda de prensa. Parecía tenso, quizá porque no sabría cómo maquillar todo aquello. Puede que se hubiese dado cuenta de que no había sido más que una trampa impuesta por alguna de las cabezas pensantes del grupo. Apoyando en el culo de un coche, Rojo me vio entre la gente. Cruzamos miradas. Levanté el brazo y caminé hacia un callejón. Él caminó hacia mí, enfadado. Me agarró del hombro y comenzó a zarandearme.

—¡Desgraciado! —gritó —. Lo sabías, ¿verdad? ¿Cabronazo?

Lo aparté de un empujón.

—¡Eh! —exclamé —. Cálmate. Te dije que me escucharas.

—¿Qué sabes?

—Donde están —dije —. Lo sé todo. Y tienen a Blanca. Fue lo último que Clara me dijo.

—Mierda —contestó —. Dame la dirección.

—Tendrás que coger un barco.

—¿Cómo? —preguntó.

—Se han ido a la isla —dije.

—Eso no tiene sentido —dijo —. ¿Por qué harían algo así? No hay salida desde allí.

—Tienes que creerme —expliqué —. Fui a ver a Ortiz. Tiene un pequeño mapa tatuado de la isla en su pecho.

—Quizá proceda de una familia de pescadores —contestó Rojo.

—¡No me jodas! —contesté —. ¿Qué habéis encontrado?

—Espero que no te equivoques —dijo y llamó a un agente. No habían encontrado nada. Se giró y le marcó las instrucciones. Había pedido su detención —: Vamos.

No pude oponerme, era el único que había estado allí antes. Supe que volvería a subirme a una lancha, aunque nadie me aseguraba que fuese mi última vez. Aquella vez, no me dejé llevar por los misterios de lo desconocido. Estaba aterrado. Sentí una punzada en el pecho, pero no le dije nada a Rojo. Con un pusilánime era suficiente. Algo sucedería en la isla. Tuve ese presentimiento. Algo terrorífico estaba a punto de suceder. ¿Pero qué?

Sólo teníamos un modo de saberlo.

*

Un coche patrulla nos dejó en el puerto. Caminamos hasta una comisaría junto a otros dos agentes. Uno era el que, unas horas antes, me había detenido el paso. El otro, un joven alto y delgado con brazos fuertes y barba de varios días. Su rostro me resultaba familiar. Reconocí verlo deambular por la comisaría en varias ocasiones.

Rojo hablaba por teléfono todo el tiempo mientras yo me fumaba un cigarro esperando a que terminaran la gestión. Los otros dos no hablaban entre sí. Parecían nerviosos, acongojados por lo que sucedía. Preferí no comentar nada. Aprendía de mis errores y no quería aparentar ser demasiado listo.

Rojo salí, nos acercamos al muelle y subimos a una lancha policial.

—Ortiz ha sido detenido —dijo molesto—. Se encontraba en el hospital. Ya hablaremos sobre ello.

Subimos a la lancha. El ruido ensordecedor del motor nos separó de nuevo. El puerto de Alicante, rojizo. El cielo raso, manchado apenas por pequeñas motas de nubes que se estrellaban en la inmensidad del horizonte. Una postal romántica si no fuera por el escenario en el que me encontraba. Me prometí llevar a una chica a aquel lugar, algún día, estaba seguro de ello.

Las fuerzas comenzaron a flaquear y me senté.

Los tres policías armados, mirando al frente.

A lo lejos, se podía ver la isla, pequeña, minúscula. Todos nos preguntamos que estaría pasando allí. Tabarca había sido un lugar de corsarios berberiscos que más tarde se repoblaría de pescadores italianos y españoles para terminar siendo una extensión de Santa Pola. A nadie le importó durante mucho tiempo qué se hacía o quién la habitaba, hasta que los ricos comenzaron invertir dinero en la reconstrucción de viviendas. Tabarca había pasado de ser algo bello y salvaje a una pocilga de turismo de bazar, hostelería vulgar y visitantes sin respeto. Un paraje isleño sin filosofía insular, una porción de roca y tierra manchada, rodeada de barcos y gaviotas. No obstante, entre el óxido de las verjas y la insensatez de los muchos que allí caminaban, siempre me sentí intrigado por el interés que tenían los adinerados de comprar una casa allí. Se podía acceder por todos sus lados aunque sólo existiera un puerto. La isla dividía al pueblo del campo, la maleza, en la que se encontraba el faro y el cementerio. Una gendarmería de Guardia Civil para mantener el control. Un hostal en el que hospedarse y algunas viviendas ocupadas. La presencia humana se reducía en las temporadas de frías, en las que los pescadores atracaban en Santa Pola o Alicante, los yates no salían al mar y la isla se convertía en un escenario terrorífico, frío y ventoso, poblado de animales hambrientos y el violento romper de las olas contra las rocas. Cuando el sol caía a media tarde, la noche reducía el espacio. La luz eléctrica limitaba las calles del pueblo, dejando a la imaginación lo que sucedía al otro lado. Alguien podía fallecer y no sería encontrado hasta el día siguiente. O puede que nunca. No se podía saber con certeza. El esplendor económico trajo el agua potable y amplió el cercado hasta la playa. Todos sabían que nada podía pasar al caminar entre las sombras y muchas veces, lo único que se encontraba uno, eran parejas follando en las orillas de las calas. A medida que uno se acercaba al viejo cementerio, la presencia era nula. Por el día, algunos curiosos y a media tarde, ninguno. La religión, la superstición, la cultura zombi o Dios sabe qué, despertaba por dentro al caer la noche, inundándonos de miedos y leyendas. En otros países, pasear por un cementerio tenía otro significado, pero en España siempre era así.

La noche caía y cuando llegásemos, el sol habría dicho adiós hasta un nuevo amanecer. Rojo se acercó a mí.

—Toma —dijo dándome un arma —. ¿Sabes usarla?

La pistola estaba guardada en una funda.

—Soy virgen —dije.

Me sentí imbatible, dueño del mundo.

Aquello era lo que convertía a los humanos en auténticos monstruos.

—Dispara sólo si lo necesitas —dijo.

El policía con barba nos miró y sonrió. No dijo nada. El otro, manejaba la lancha. Nos estábamos acercando. Vimos los primeros barcos, la mayoría veleros.

—¡Oficial! —dijo el policía con barba —. ¿Puede echarme una mano?

Rojo se giró y se acercó al motor.

Yo continué apoyado en el asiento de cuero, acariciando el nuevo juguete.

—¿Qué ocurre? —dijo Rojo a mis espaldas.

De pronto, el policía que conducía estaba frente a mí.

—¿Sí? —pregunté. Pero no contestó. Todo sucedió muy rápido. Me golpeó en la sien. No pude esquivar el puño. Un golpe seco, no lo recuerdo bien. Sentí un fuerte hormigueo, un ruido. Lo siguiente que escuché fue un forcejeo.

—¿Qué hace? —dijo Rojo. Yo me encontraba tumbado. Escuché un golpe, quizá dos, una pequeña descarga y un golpe contra el suelo de la embarcación. Inmóvil, no me podía concentrar. Una secuencia terminada, música de motores, una canción del verano en fade out. Después, todo se volvió oscuro.

16

Un olor. Ese olor. Me producía náuseas, escalofríos. No podía abrir los ojos, me dolían como si nunca los hubiese usado. Drogado, no sabía bien bajo qué, pero drogado, flotante, casi fuera de mí, o tal vez dentro, muy dentro. Eran los efectos de un narcótico, diferentes a otros como la marihuana o la cocaína. Tampoco estaba bajo ningún alucinógeno, de ser así, hubiese visto formas, colores. Estaba tumbado sobre un material áspero y liso. Mis extremidades se encontraban tan relajadas, que temía no volver a moverlas nunca más. Era como si un tren me hubiese arrollado, pero por una extraña razón, estaba tranquilo, en paz. Moví los dedos de las manos, después los pies. Era real, muy real. Sentí un fuerte hormigueo en la cabeza acompañado de un dolor punzante. La peor resaca de mi juventud no era equiparable. Debió ser la sacudida de aquel cabrón. De nuevo, ese olor, familiar. No lograba acostumbrarme. Por mis oídos, una breve melodía. El choque de un líquido contra los límites, contra el muro. Como el leve romper de las olas contra las rocas. Después un eco me advirtió que estaba en un lugar cerrado. Abrí un ojo, después el otro, y todo siguió oscuro. Quise asustarme, pero estaba tan relajado que me resultaba imposible hacerlo. Moví un brazo, despacio y lo desplacé unos centímetros cuando por sorpresa, toqué algo líquido, denso. Una cuerda crujió.

—¿Gabriel? —dijo una voz aturdida.

—¿Rojo? —contesté.

Escuché otro crujido. Mierda. Sentí la fuerza gravitatoria llevándome abajo.

—¿Dónde estás? —dijo de nuevo —. ¿Qué cojones ha pasado?

—¡Ah! —exclamé y caí, mi cuerpo perdió el equilibrio horizontal y me escurrí como una sardina muerta.

Sentí el frío envolviéndome en cada poro, impregnándome con un líquido espeso y rancio que subía hasta el cuello. Perdí latitud y me sumergí. No veía nada, no podía entrar en pánico. Cerré los ojos, me dejé llevar. No los abrí, no quise hacerlo. Me impulsé como pude hacia la superficie y nadé despacio hasta un borde. Encontré unas escaleras metálicas, debía estar en una piscina. Primero un pie, luego el otro. Subí y después bajé. Debía estar en lo alto, si no, no tendría sentido. Estaba empapado de aquella sustancia pegajosa y oscura.

—¿Estás bien? —volvió a preguntar Rojo —. ¿Dónde estás?

Y entonces supe qué era.

Maldita sea.

Maldito jodido asco.

Saqué la lengua unos centímetros y bordeé mi labio. La sustancia entró en contacto con mi saliva, mi lengua, mis papilas gustativas. Tenía un gusto metálico, familiar.

No, no daba crédito, no era posible. Perdí fuerza, sentí el hormigueo en la cabeza, la pérdida de equilibrio. Entonces desperté, abrí los ojos, una fuerza interior despertó en mí, subiendo como la espuma. Vomité, vomité tras una fuerte tos y escupí.

Era sangre. Era sangre lo que había en aquel lugar, en mi cuerpo, en mi rostro. Aquel líquido era sangre.

—¡No! —grité varios segundos —. ¡No! ¡No! ¡No!

—¡Gabriel! —dijo Rojo —. ¿Qué sucede?

No sabía dónde se encontraba el oficial. No podía limpiarme con la camisa ni con la ropa, pues todo se encontraba manchado de sangre.

—No te muevas… —dije —. Quédate donde estás y no te muevas. Buscaré un interruptor…

Rojo parecía aterrorizado, como si la dosis que le habían dado hubiera sido de algo distinto.

Caminé entre las baldosas intentando no resbalar hasta que di con una pequeña plataforma. Subí los peldaños. Encontré una puerta y un interruptor en la pared. Al accionarlo, tubos blancos iluminaron la sala. Era una nave, con dos depósitos abiertos de gran capacidad, posiblemente donde los isleños guardaban las reservas de agua antes de que hubiese suministro potable.

—¡Joder! —gritó Rojo tapándose los ojos con las manos. El foco iluminaba su rostro. Se encontraba en una hamaca, atada a los bordes con hilo fino.

Era asqueroso, repugnante. Desde lo alto, pude ver a Rojo, en el centro, sin salida. Después observé el rastro que había dejado y que llegaba hasta mí. Me observé manchado de rojo oscuro, de un líquido pegajoso. Mi piel, mi ropa. Mi cuerpo actuaba como papel secante. El estómago me ardía, me encontraba mal, sin fuerzas, cuando recordé de dónde procedía el olor. Mi cabeza dio un vuelco, me apoyé con una mano sobre el cajón metálico que había junto al interruptor y tosí echando bilis y líquido amarillento. Vi el rostro de Rocamora, lo vi a él, saltando al vacío aquel día en la fábrica. Lo siguiente que vino en forma de luz fue su cuerpo, triturado, machacado. Pensé que su sangre y la de otras personas, animales, seres, era la sangre que embalsamaba mi cuerpo. No podía soportarlo y además, aquel olor, ese maldito y puto olor.

—¡No veo! —dijo Rojo desquiciado —. ¡Joder! ¡No me funcionan los miembros!

Nervioso, se movió. La cuerda se resquebrajó por su peso. Había sido una trampa en toda regla, no existía alternativa para salir sin sumergirse. Como una moneda en una fuente, su cuerpo se sumergió. Se escuchó un ruido. Después salió a la superficie, abrió la boca y escupió sangre. Conforme cayó, corrí hacia el depósito y subí las escaleras.

—¿Estás bien? —dije acercándome hasta él.

Rojo me escupió toda la sangre que había tragado.

—¡Sangre! —dijo —. ¡Sácame de aquí! ¡Esto es enfermizo!

Le ayudé a salir y caminamos hasta las escaleras de cemento. Había botellas de vidrio antiguas y una caja de herramientas abierta. Pese a encontrarnos de flujo, no logramos acostumbrarnos a su olor.

—Tenemos que salir de aquí —dije.

—¿Dónde estamos? ¿Qué nos han hecho? —preguntó confundido —. Creo que estoy drogado.

—Yo también —contesté —. No lo sé, no recuerdo demasiado. El barco, eso es todo.

—Me duele la cabeza —dijo Rojo —. Estoy alucinando.

—¿Por qué dices eso? —pregunté. Rojo comenzó a reírse señalando a mis espaldas —. ¿De qué te ríes?

—Perdona… ¡Ja, ja! —dijo con el dedo índice —. Hay un mono… un puto mono de tres cabezas.

Me di la vuelta de golpe y miré hacia la puerta. No había ningún mono. Rojo alucinaba, pero teníamos visita. Las tres cabezas pertenecían a los dos oficiales que aún tenían la misma vestimenta y una máscara de mono idéntica. Los pude reconocer, equipados con sus pistolas eléctricas, dispuestos a divertirse con nosotros. El tercero, en el centro y más calmado, era un hombre de estatura media, más mayor que los otros y con la misma máscara.

—¿Qué es todo este follón? —preguntó. Esa voz pertenecía al chófer de Victoria, era él, el mismo que me trajo a la isla —. Señor Caballero. Es un desastre con la ropa… En fin, venga, vamos. El tiempo escasea y tenemos que encender el fuego.

Sonó un graznido de urraca que procedía del exterior.

No lo podía saber, pero fueron sus últimas palabras.

*

Un impacto seco, cristales rotos en el suelo. El ave aterrizó aturdida, ensangrentada, como un proyectil desviado. Se había estrellado contra la ventana rectangular que había en el depósito. El chófer sangraba, sangraba como un animal herido. Tenía un destornillador clavado en la tráquea. Un chorro de sangre salía de su cuello a presión. La otra cabeza de mono cayó al suelo como un saco de basura. Tenía el cuello partido. Frente a mí, el policía joven, apuntándome con su pistola eléctrica, momentos antes de electrocutarme. Rojo lo sorprendió por detrás, pero el policía reaccionó, dándole una descarga. El oficial cayó al suelo, dolorido, cubriéndose el abdomen. Sin pensarlo y aprovechando el descuido, agarré una de las botellas por el cuello y le golpeé la cabeza. El policía cayó aturdido. Rojo aún estaba en el suelo. Agarré una barra de hierro de la caja de herramientas y le di una sacudida en la cara al joven policía. Escupió sangre. Sus dientes parecían un charco de salsa de tomate.

Le asesté otro golpe. Dio un fuerte grito. Le había roto la nariz y sangraba aún más.

—¡Detente! —gritó Rojo —. ¡Lo vas a matar!

Mi cuerpo estaba manchado de sangre de diferentes lugares. Sangre reseca que oscurecía, haciendo una capa pegada a mi piel, sangre del policía, fresca y líquida, salpicada sobre mis extremidades. Era un monstruo, un maldito monstruo.

Le di otro golpe. El policía, en el suelo, ni siquiera emitía sonidos.

Rojo se levantó y agarró la barra antes de que le diese el último golpe.

—¿Qué coño me estás contando? —pregunté enfurecido —. ¡Mira lo que has hecho!

—No tenía opción —dijo sereno —. No había salida.

Vámonos, tenemos que encontrarlos.

—¿Está vivo? —pregunté.

—No lo sé —dijo Rojo y le dio una patada —. Parece inconsciente, pero puede estar fingiendo.

Agarré la pistola eléctrica que había en el suelo y se la acerqué a los genitales, descargando toda la munición en sus partes más íntimas. El joven policía resucitó, abriendo los ojos, gritando sin alma a pleno pulmón, pidiendo su redención. Le chamusqué las pelotas, se lo había merecido.

—Tienes suerte de seguir con vida, hijo de perra —le dije lanzándole un flemazo a la cara y volvió a perder el conocimiento. Agarramos dos de las máscaras de mono. Desvestimos a los tres tipos, nos pusimos las prendas del chófer y del policía muerto y nos limpiamos la piel con la ropa del que aún vivía.

—No sé qué habrá al otro lado —dijo Rojo frente a la puerta —. Llegados a este punto, sólo importa salir con vida.

—Entendido.

—Haz lo que debas —dijo —. No te preocupes por mí, ¿vale?

No entendí qué significaron sus palabras, pero asentí como un cachorro.

La puerta estaba abierta. Podía escuchar el ruido del mar, picado, contra las rocas, música de fondo, a lo lejos.

Rojo empujó la manivela y salimos al exterior.

17

Oscuridad, lápidas y sepulcros, ordenados en filas, separados por escasos centímetros. Salimos del almacén y nos guiamos por el resplandor de una Luna que nos iluminaba el camino. Allí no había nadie, no se escuchaba nada, ni siquiera el murmullo de los animales. La música de charanga, de verbena de pueblo de transición, procedía del otro lado de la isla, donde se encontraban las casas.

—¿Qué es esto? —preguntó Rojo —. ¿Qué hacemos aquí?

—No tengo ni idea —contesté —. Vayamos hacia la música.

Salimos de allí y caminamos por una senda de tierra, tropezando con las piedras que se cruzaban en nuestro camino, escuchando el mar en silencio, divagando sin llegar a una conclusión. Tenía miedo, mucho. Lo sentía en mi cuerpo, como así sentía la humedad del mar abrazarse a mis huesos. La brisa nocturna, carente de sol, atizaba mi rostro manchado, sucio, el cabello arrugado, tieso y plastificado. La sangre reseca en mi piel se acartonaba, arañándome, picándome por todo el cuerpo. A Rojo le pasó igual. No quiso decir nada, prefirió ser valiente, pero ambos lo estábamos sufriendo.

—Voy a darme un baño —dijo —. Joder, no aguanto más.

A la altura de una torre de vigilancia abandonada, bajamos por un camino pedregoso hasta una cala de piedras y algas secas. Nos desnudamos en la oscuridad, importándonos más bien poco estar juntos y en cueros. Rojo corrió y se me metió en el agua. Después dio un grito.

—¡Me cago en todo! —dijo —. ¡Está helada!

—¿Qué esperabas? —dije y fui tras él. Sentí el agua en mis pies, después en mis rodillas. Estaba jodidamente fría —: ¡Mis pelotas!

Nos limpiamos la sangre con el agua del mar. Las heridas de los golpes que me habían dado, resucitaron con un fuerte dolor casi insoportable. Al salir, el aire parecía más frío. Temblábamos como dos pollos recién nacidos. Rojo cogió su camisa y se secó con ella. Tenía una camiseta de repuesto que había robado a uno de los tipos. Después me la entregó.

—De algo servirá —dijo —. Mejor que nos vistamos. Cogeremos una pulmonía así.

Casi limpio, reconozco que me sentí mejor, liberado. Como si una carga, más emocional que física, se hubiese quedado atrás, entre la infinidad del mar. Húmedo, me vestí de nuevo. La ropa mojada se adhirió a mi piel como papel de liar tabaco. Subimos de nuevo la cuesta y continuamos hasta el puerto. Entonces vimos los restaurantes cerrados, la playa acondicionada para los turistas, el puerto y las pequeñas barcas que atracaban en la orilla. La música retumbaba con más fuerza y nos invitaba a introducirnos al centro del pueblo.

—¿Tienes un plan? —pregunté a Rojo frente a un arco de piedra que separaba la entrada del resto.

—No —dijo.

Escuchamos voces de gente, conversaciones, persianas, risas y gritos de alegría.

—Deben ser las fiestas de aquí —dije —. No parece que se trate de un ritual.

El oficial me miró. Después rascó una mota reseca de

sangre que había en su mano. No podíamos volver a la normalidad después de todo lo que habíamos vivido. Dos hombres muertos y uno inconsciente yacían en el suelo de un almacén. Dos hombres que él había matado junto a dos depósitos de líquido, concretamente sangre, de los cuales habíamos salido. Dos hombres liberados, a Dios sabía qué horas, vestidos con una máscara de primate.

—Asegúrate de que tu arma esté cargada.

*

Con las máscaras cubriéndonos el rostro, caminamos a oscuras observando los portales de las casas. El primer susto fue al ver a una pareja, con máscaras. Eran jóvenes, estaban borrachos. Rojo me dio una señal, pero no parecían peligrosos. El chico besó a la chica y le quitó la máscara y después se metieron en un portal. Él dijo algo sobre comer y ella le dijo que no iba a cocinar para él. Seguimos caminando hasta que metros después nos encontramos con la plaza del pueblo, en la que unos músicos tocaban canciones de los noventa, disfrazados de hombre araña y mujer gato. Era una orquesta mala y barata pero no importaba porque la plaza estaba plagada de decenas de personas que bailaban, bajo sus disfraces, importándoles pasarlo bien, disfrutar del alcohol y la compañía. La música atronadora me impedía escuchar nada. En una de las salidas, vimos la iglesia de la isla y su campanario. La calle continuaba hasta el final de la muralla, donde terminaba la tierra y nos separaba de unos pequeños islotes. Seguí a Rojo hasta que una chica se puso a bailar junto a mí. Tenía una máscara de perro y unas piernas bonitas. Se movió invitándome a que la siguiera, pero no estaba allí para eso. Salimos hasta el otro arco de piedra que conectaba con otra de las salidas de la isla.

—Estamos perdiendo el tiempo —dijo Rojo alterado por la música —. ¡Piensa, Gabriel! ¡Piensa!

Me zarandeó con los brazos. No teníamos idea de lo que estábamos haciendo, ni a quién pretendíamos seguir. ¿Había sido todo una broma? No era posible. Cornelio y Violeta tenían que estar allí, no podían haberse marchado. Aquellos hombres, sabían de lo que hablaban. Intenté recordar, pero de nada sirvió.

—Están aquí dije —. Sé que están aquí. Tenemos que encontrar la maldita casa.

—¿Estás de broma? —dijo Rojo —. ¿Qué te hace pensar que están en una casa? Nos quedan pocas horas para que amanezca. Entonces la fiesta ya habrá terminado.

—Un momento… —dije al ver una nube de humo blanco salir de la espalda de Rojo. Recordé las últimas palabras del chófer —: ¿Qué es ese olor?

—Alguien está asando sardinas —contestó —. ¿Ahora tienes hambre?

—¡No! —dije y corrí hasta el arco. En una de las rocas, vi una lumbre a lo lejos —: Son ellos, Rojo, están allí.

No se podía ver más que el resplandor del fuego, un humo blanco que destacaba en la noche y subía hacia arriba. Lo suficientemente lejos para pasar desapercibidos. El olor a sardina no llamaría la atención de los pescadores ebrios que bailaban al son de la orquesta de pueblo.

Caminamos hasta el final del islote y nos metimos en el agua. La marea nos cubría hasta el pecho y el mar nos azotaba contra las rocas. Las pistolas eléctricas se estropearon, así como casi todo lo que llevábamos encima. Trepé sin hacer demasiado ruido y ayudé a Rojo a que se levantara. La ropa empapada nos volvió más pesados. El frío interior, recorriendo de nuevo los huesos. Temblaba de frío y de miedo, ansioso por saber que estaba pasando y al mismo tiempo, por no poder contarlo. Bordeamos la isla y pude ver una lancha, la misma que me había traído por primera vez. Allí estaba, atracada, esperando la llegada de un hombre que jamás regresaría. A medida que dimos algunos pasos, sentimos el calor del fuego. El humo dificultaba la respiración. ¿Por qué querrían hacer una hoguera? ¿Acaso no llamaría la atención? Debía ser parte del ritual, o eso quise pensar. Entonces vi el rostro de Violeta, con el pelo recogido y una pistola en la mano. Junto a sus pies, una máscara de tigre, arrugada en el suelo. Llevaba unas sandalias espartanas y un vestido de noche de color negro. Apuntaba a alguien que se encontraba frente a ella, pero no lograba verlos.

—Es Violeta —susurré —. Está armada.

—Mierda —dijo Rojo a mi espalda —. Será mejor que vaya por el otro lado.

—¿Estás loco? —contesté —. Te matará.

—No —dijo —. Tú la detendrás.

—Confías demasiado en mí —contesté.

Una mala pisada me hizo perder el equilibrio. Intenté buscar un punto de apoyo, agarrándome a la roca que me ocultaba, pero no logré mantener el balance y di varios pasos hacia delante, adelantándome varios metros, cayendo a los pies de Violeta. La lumbre quemaba mi rostro. En efecto, había sardinas chamuscadas en el fuego. Al otro lado, Cornelio y Blanca. Él estaba asustado, maniatado de pies y manos y con la boca descubierta. Blanca estaba mucho más delgada, con la piel tostada y parecía triste, sin vitalidad, todo lo contrario a como era su carácter.

—Vaya, tenemos visita… —dijo Violeta desde lo alto apuntándome con el arma —. ¿Tú? ¿Cómo has sobrevivido?

Miré atrás, pero estaba oscuro y posiblemente Rojo habría desaparecido.

—¿Qué hace él aquí? —dijo Cornelio sentado en el suelo.

—¿Gabriel? —dijo Blanca. Tenía la voz rota —: ¿Eres tú?

—¿Dónde está el otro? —preguntó Violeta apuntándome con el arma.

—No hay nadie más —dije —. Estoy solo.

Ella me miró a los ojos, llena de odio. Miró el reloj. Levantó el arma, apuntó a Cornelio y apretó el gatillo. Sonó un estruendo. Cornelio cayó al suelo. No estaba muerto, la bala le había atravesado el hombro.

—¡Joder! —gritaba —. ¡Hija de puta!

—Te juro que la próxima bala irá directa al cráneo —dijo Violeta dirigiéndose a mí. Blanca parecía encontrarse totalmente ausente de lo que estaba sucediendo —: Tu amiguito se quedará sin villano a quien meter en la cárcel.

—Ya te he dicho que estoy solo… —dije temblando —. De verdad, no lo mates…

Sacó de su bolso un silenciador. Lo puso en el arma y se

acercó a Cornelio. Después me miró a mí.

—¡No! —gritó Cornelio asustado. Tenía la expresión de un bebé recién nacido o de un anciano al encontrarse con la muerte —: ¡Te daré todo el dinero! ¡De verdad! ¡Violeta, no lo hagas!

—Cargarás con la culpa toda tu vida —me dijo a escasos metros —. Pudiste remediarlo, Gabriel.

Antes de disparar, una piedra se cruzó en el camino de los dos. La roca golpeó el brazo de Violeta.

—¿Qué cojones ha sido eso? —dijo y Rojo entró en escena, apareciendo de las tinieblas y la arrolló con su cuerpo. Fuegos artificiales salieron de la plaza del pueblo explosionando en el cielo. Palmeras de colores, alumbrando la isla. Rojo y Violeta forcejearon. La pistola cayó cerca de Blanca.

—¡No! —dije alertándola, pero no me hizo caso. La chica agarró el arma y apuntó a Cornelio —: ¡No lo hagas, Blanca!

Llena de furia, sujetó el arma con las dos manos.

Cornelio comenzó a reír.

—¡No lo harás! —dijo —. ¡Eres una furcia! ¡No tienes agallas para dispararme! ¡Sabes que me necesitas!

Violeta golpeó a Rojo en la entrepierna, se levantó con el rostro manchado de sangre, quitó el arma de las manos de Blanca y descargó tres balas en la cabeza de Cornelio.

El cuerpo cayó hacia atrás, con los ojos en blanco y dejando un largo charco de tinta roja.

—¡Súbete al barco y arranca! —ordenó a Blanca. Rojo se estaba recomponiendo —: Todos los hombres sois iguales. ¿Quién quiere ser el siguiente?

—Dispárame, vamos —dijo Rojo —. Sé que lo estás deseando. Tú, todas vosotras. Os llevásteis a mi mujer, haciéndole creer que yo era el cáncer de nuestra relación… dejando a un niño a solas con su padre, huérfano de madre. Vosotras me la arrebatasteis y desde entonces no he hecho más que buscarla, pero… ya estoy cansado.

—Ella tomó su propia decisión —dijo Violeta —. Sus

motivos tendría.

—Mátame —dijo —. Dispárame, siéntete libre y poderosa, pero quítame esta carga que me arrastra, vamos, hazlo.

Blanca se acercó a la barca y arrancó el motor.

Violeta nos apuntaba a los dos con intermitencia.

—¿Por qué, Gabriel? —preguntó Violeta —. ¿Qué quieres? ¿Qué buscas en todo esto?

—¿Fuiste tú, verdad? —pregunté —. Estrella, la chica.

—No tuve opción —dijo orgullosa —. Lo supe desde el principio. Sólo buscaba poder... Tarde o temprano resultaría un problema.

—¿Por qué Blanca? —pregunté —. ¿Por qué ella?

—Ha sufrido demasiado —contestó —. No nos podemos permitir que vuelva a ocurrir. Sólo un corazón roto puede volverse de piedra.

—¿Qué queréis? —dije.

Los músculos de sus manos permanecían rígidos.

—Lo que nos pertenece —dijo decidida apuntándome con el arma—. La libertad... Adiós, Gabriel.

Respiré hondo, los pulmones se contrajeron y mis músculos se agazaparon. Una fuerza, la sacó de mi campo de visión. Blanca se abalanzó contra ella, tirándola al suelo. Rojo se levantó y la agarró del cuello.

—¡Dónde está mi mujer! —gritó sujetándola con una mano.

—¿Estás bien? —dijo Blanca mirándome a los ojos y ofreciéndome la mano. Me había salvado la vida. Me levanté, nos besamos en los labios. La agarré del cabello y ella me sujetó la cintura. Nos abrazamos y sentí el temblor de un sollozo, del auxilio, de la seguridad.

La gente del pueblo se había dado cuenta de lo que ocurría en el islote. Blanca había pedido ayuda por radio y un bote se acercaba al islote a toda velocidad.

Inesperadamente, Violeta hizo una llave a Rojo y lo tiró al agua. Su cuerpo se sumergió formando una gran burbuja.

—¡Rojo! —grité levantándome.

—¡Alto, policía! —dijo un guardia civil desde el bote,

iluminando el islote con una linterna —. ¡No se mueva!

Violeta agarró la pistola que estaba en el suelo, la introdujo en su boca y disparó sin que nadie lo remediara. Un estallido de sangre salió por su hueso parietal. La parte trasera de su cabeza en mil pedacitos, como un bol de cereales con leche que lanzado por la ventana.

Violeta se quitó la vida para salvar otras. Se llevó consigo lo único que importaba.

Rojo salió del agua, arrastrándose y agotado.

La gente llegó al islote.

La policía y los servicios de urgencias nos asistieron.

Todo pareció haber terminado.

Sólo queríamos salir de la isla.

18

La investigación concluyó y quedó archivada en los anales policiales. La prensa se hizo eco de lo ocurrido y varios diarios de tirada nacional se dieron de bruces por comprarme la historia. Recopilé el material que había encontrado en el ordenador de Blanca y escribí un relato periodístico de primera mano por el que me embolsé una apetitosa cantidad. Rojo se recuperó en el hospital rápidamente de los golpes, aunque sus heridas eran otras. Tras el caso, tomó unas vacaciones para pasarlas con su hijo en la montaña, lejos del mar y todo lo que estuviera relacionado con él.

Limpié el apartamento en el que vivía y decidí buscar otro, dejando atrás los recuerdos, lo que había pasado y llevándome sólo a Coltrane conmigo.

Blanca volvió a Madrid. Yo no supe bien qué hacer. Tras las declaraciones y pagar el alquiler, la acompañé a la estación de tren de Alicante.

—Ven a verme cuando quieras —dijo entristecida —. Ya sabes que tienes casa en Madrid… y una amiga.

La cogí de la barbilla al ver una lágrima caer y la miré a los ojos. La besé en los labios, correspondiéndome con un   largo   beso.

—Podemos llevarnos bien —dije —, ya sabes, siempre que no mezclemos trabajo.

—Tranquilo… —contestó —. Estaré fuera de esto una temporada… Creo que no es para mí.

—No digas eso —dije —. Eres buena, puedes llegar lejos.

—Ya veremos —dijo ella —. A veces, nos obsesionamos tanto con llegar, que nos olvidamos de permanecer.

Una mujer habló por el altavoz para avisar a los pasajeros. Su tren estaba a punto de salir.

—Adiós, Gabriel —dijo y me besó en los labios de nuevo.

Respiré hondo, impregnándome de su olor por última vez, guardando una fotografía mental en mi memoria.

Antes de marcharse, Blanca se confesó. Ella también había recibido una llamada y un sobre con un disco lleno de fotografías. Eran las fotos que encontramos en su ordenador. Violeta, Cornelio, o tal vez los dos, habían jugado con ella hasta chantajearla. Posiblemente, fue el orgullo de cada uno quien nos puso en el mismo camino.

Septiembre llegó, el verano quedó atrás y tenía que encontrar un trabajo. Ortiz desapareció de la prensa al estar relacionado con la investigación. Había mucho por escarbar, mucha gente a la que entrevistar y muchas preguntas por hacer. Los Hermanos del Silencio era la cabeza de una red como otra cualquiera en la que se realizaban actividades ilegales de mercadeo, influencia de poderes y abusos a menores. Me había quedado sin trabajo y lo último que supe de aquel cretino era que su mujer le había pedido el divorcio.

Una mañana de septiembre, mientras disfrutaba de una cerveza al sol y leía mi reportaje en una edición especial de El Mundo, recibí una llamada.

Era un número desconocido.

Sentí la tentación de no cogerlo. Había vivido aquello antes.

—Caballero, ¿verdad? —dijo una voz masculina

—Sí, soy yo.

—Escucha, soy el director de Las Provincias —dijo —.

Armando Fuego, habrás oído de mí.

Por supuesto. Era el mandamás en el diario, por encima de Ortiz.

—Sí, dígame.

—Quiero que vuelvas al periódico —dijo —. Las cosas se han puesto feas tras la pérdida de Ortiz, y bueno... Tú tienes experiencia, y algo de nombre. No la cagues, eso es todo.

—Tendré despacho propio.

—Sí.

—Y el mismo sueldo que Ortiz.

Escuché un suspiro al otro lado.

—Sí, supongo.

—No, supongo no —dije —. Sí o no.

—Sí, ya hablaremos de eso —rectificó angustiado —. ¿Qué me dices?

—Cuenta conmigo —contesté —. Hasta pronto.

Colgué y un sentimiento de satisfacción rebosó en mí.

El teléfono volvió a sonar. Terminé la cerveza y pedí al camarero que se cobrara.

La calle Castaños se llenaba lentamente de gente, de nuevo, de universitarios que sustituían a los turistas veraniegos. Las sandalias por las zapatillas deportivas. La ciudad volvía a ser lo que era, una ciudad y no un parque de atracciones en el que cogerse una buena borrachera. Se volvía a escuchar castellano mezclado, a frases mal hechas y vocablos propios del valenciano.

Finalmente accedí a la llamada.

—¿Sí? —pregunté —. ¿Fuego? ¿Qué quiere ahora?

—Veo que ya has vuelto a tus hábitos de perro callejero —dijo una voz masculina. Era el oficial Rojo.

—¿Rojo? —dije sorprendido —. ¿Dónde estás?

La llamada se cortó y Rojo apareció de la nada, entre la gente, con el pelo corto, hacia atrás y las gafas de aviador que siempre llevaba. Agarró una silla y se sentó en ella.

—¿Qué tal Gabriel? —preguntó —. ¿Cómo llevas la fama?

—Nada mal, ya me ves —dije —. ¿Qué te ha traído hasta

aquí?

El oficial sacó un sobre arrugado de color amarillo de su pantalón y lo dejó en la mesa junto al vaso de cerveza, que se apoyaba mojado en la mesa metálica.

—Ya me dices —dijo, se levantó y se fue —. Sabes dónde encontrarme.

Después se perdió calle abajo y giró a la derecha.

Encendí un cigarro, me quité las gafas de sol y abrí el sobre.

Era una invitación.

El oficial Rojo me sugería que trabajara con él en su nueva investigación.

Metí la nota de nuevo en el sobre y lo guardé en mi bolsillo.

Un grupo de chicas pasó por delante de la mesa. Una morena miró hacia atrás. Le sonreí y se sonrojó.

La vida llamaba de nuevo a la puerta.

SOBRE EL AUTOR

Pablo Poveda (España, 1989) es escritor, profesor y periodista. Autor de otras obras como El Profesor, La chica de las canciones o Motel Malibu. Vive en Polonia donde escribe todas las mañanas. Cree en la cultura sin ataduras y en la simplicidad de las cosas.

Únete a la lista VIP de correo y llévate una de sus novelas en elescritorfantasma.com/lista

Contacto: elescritorfant@gmail.com

Página web: elescritorfantasma.com

Si te ha gustado este libro, te agradecería que dejaras un comentario donde lo compraste.

74366321R00142

Made in the USA
Middletown, DE
23 May 2018